모든 게 기적이었다

나를 위해 헌신하고 떠나신

어머님 영전에

이 책을 바칩니다.

모든 게 기적이었다

이연배 에세이

선우미디어 sunwoomedia

책을 내며

많이 망설였습니다. 어떤 모습으로 세상에 나타내야 할지. 더 알차고 다정하게 다가서고 싶었습니다.

뒤늦게 배운 글쓰기는 나에게 기적이었습니다. 나를 뒤돌아보게 하였고 삶의 의미를 깨닫게 하였습니다. 젊은 시절 부족하고 아쉬운 게 많았고, 나를 키워주시고 함께 한 분들의 고마움도 절감했습니다. 그러나 되돌릴 수 없어 글로 털어놓을 수밖에 없었습니다.

그러면서 작은 꽃망울들이 맺혔습니다. 엮지 않으면 피지 않을 것 같아 곱게 다듬어서 작은 꽃을 피웠습니다. 그렇게 화려하거나 향기롭지 못할지라도 따뜻하고 정감 있게 선보이길 기대하면서.

글을 쓰도록 지도해 주신 산영재 선생님, 정말 감사합니다. 선생님과 만남도 기적이었습니다. 응원해 주신 문우님들 고맙습니다. 곁에서 글을 쓰도록 배려해 준 아내에게 감사하고, 딸 민영이와 사위, 아들 석영이와 며늘아기에게도 고마움을 전합니다. 예쁜 손녀 아린아. 밝고 건강하게 자라다오.

멋지고 정성 들여 담아주신 선우미디어 사장님께도 감사드립니다.

2021년 초여름

여송(如松) 이연배

차례

2 익어가기

3 별, 그리고 버팀목

5 그대가 춤추면

1

기적이 있기까지

땅속에서 꾸는 꿈

옛 직장 동료들을 만나려고 지하철을 탄다. 가는 곳이 멀고 복잡하지만, 지하철만 타면 빠르고 편안하고 정확하게 갈 수 있다. 부드러운 승차감에 기분이 상쾌해지고 흔들림도 거의 없어 책 읽기에 안성맞춤이니 이보다 더 좋은 교통수단이 어디 있으랴.

말만 들어도 가슴이 뛰는 지하철. 땀 흘려 건설한 지하철에 많은 사람이 타고 있는 걸 보면 더없이 흐뭇하다. 내 손길이 묻어 있는 구간을 지나면 당시의 일들이 더욱 생생하다. 화려한 불빛으로 건설인의 모습이 바래진다 해도 옷깃 속에 진주 목걸이를 차고 있는 것처럼 뿌듯하고 든든하다. 이것이 어찌 나만의 일이겠는가.

80년대 초, 나의 공직생활은 서울 지하철 2호선 건설로 시작되었다. 지하철 건설은 땅속에 전동차 전용 통로를 만드는 대역사(大役事)이다. 지하에 구조물을 설치하고, 그 내부에 궤도와 건축 · 전기 · 신호 · 통신 시설을 한다. 그때 나는 궤도를 담당하는 계장이었다. 외로운 돛단배로 망망대해를 건너는 것처럼 낯설고 두려웠다.

궤도는 레일과 침목을 조립하고 자갈을 깔아 부설했다. 레일 위로 차량이 달리므로 정밀해야 하고 반복되는 충격과 진동에도 충분히 견뎌야 했다. 20m짜리 레일은 최대 2,000m까지 용접으로 연결하여 승차감을 좋게 했고, 레일과 침목과의 연결은 스프링식으로 외국 자재를 사용하여 탄성과 유지 관리를 향상시켰다. 당시에는 최신 공법이요 새로운 자재였다. 모든 게 생소한 나는 공사 현장을 부지런히 오가며 불치하문(不恥下問)하였고, 역사적인 건설에 심혈을 기울였다.

구조물은 노선을 일정 구간씩 나누어 건설하여 연결했다. 구조물 공사가 끝날 무렵 토요일 오후에는, 궤도 부설을 위해 나 혼자 손전등 하나만 들고 지하 터널을 자주 걸으면서 현장을 점검하곤 했다. 시청역에서 터널 내부로 들어가면 전깃불이 드문드문 있거나 없는 구간도 있어 어둠침침했고, 바닥에는 가설재가 있기도 하고 곳곳에 흙탕물도 흥건하여 걷기에도 위험했다. 어떨 때는 손전등마저 꺼져버려 깜깜한 터널 속을 손발로 더듬어서 간신히 빠져나오기도 했다. 이렇게 10여km를 걸어서 신도림역에 도착하면 땀으로 옷이 흠뻑 젖고 신발도 엉망이었다.

2호선이 완전 개통되는 날, 첫 과업을 무사히 마쳤다는 기쁨과 안도감에 눈물이 났다. 궤도 위로 미끄러지는 전동차를 타고 있으면 알프스 설산 위에서 스키를 타는 것 같았다. 그러나 터널 속을 혼자 걷는 건 한밤중에 숲속을 혼자 걷는 것처럼 얼마나 위험했던가.

그 이후에도 지하철 8호선과 9호선 구조물 건설도 맡았다. 구조물 설치는 지상에서 흙을 파는 개착식과 땅속을 바로 뚫는 터널식이 있다. 고층 빌딩 옆에서 2,30m 깊이로 터파기할 때는 언덕 밑을 파는 것처럼 불안하고, 그 밑바닥으로 내려가 위를 쳐다보면 오금이 저리곤 했다. '저 건물들이 무너지면 나는 어찌 될 것인가.'라는 생각이 어찌 들지 않았겠는가.

또 교량의 교각 하부에서 터널 공사를 할 때의 심정도 폭발물 밑을 파는 것처럼 초조하여 잠이 오지 않았다. 언제 어디서 무슨 사고가 터질 줄 모르고 생명도 담보하지 못하는 공사장을 점검하고 관리하면서 건설한 지하철이다. 하물며 이를 직접 시공한 건설인들의 노고는 오죽했으랴.

그토록 힘든 지하철을 왜 건설했을까. 땅속에서 이루고자 하는 꿈은 무엇이었을까. 서로 연결하는 일이었다. 구조물도 분할 시공하여 연결했고, 궤도도 레일을 연결했고, 전기도 연결하여 마침내 생기를 불어넣었다. 전동차가 달리면서 역과 역을 연결하고, 시간과 간격을 단축하여 사람들을 연결했다. 그렇게 연결하려고 수많은 건설인들이 피와 땀과 눈물을 흘리며 혼을 다했다.

서울 지하철은 현재 총 352km로 10개 노선에 330개 역이 건설되어, 하루 평균 487만 명이 이용한다고 한다. 서울을 사통팔달로 연결하여 신속하고, 단순하고, 쾌적하게 만들었다. 영국 지하철이 처음 선보인 지 150여 년이 넘었지만, 서울은 고작 45년인데 세계 정상급이다.

서울에 지하철이 건설되지 않았더라면 지금 어찌 되었을까. 도로가 터지고 차량이 뒤엉켜 꼼짝도 못할 것이다. 상상만 해도 끔찍하다.

혼을 다한 지하철이 지점과 지역을 연결하고 사랑과 인연을 이어주려고 사람들 속으로 달려가고 있다. 사랑의 연결 고리가 된 지하철이 계층이 다른 사람들이나 생각이 다른 사람들도 연결하고 마음을 이어 주는 통로가 된다면 무얼 더 바라겠는가.

(2019.)

기적이 있기까지

2015년 7월 1일 오전 8시와 9시 사이에 윤초(閏秒)가 더해졌다. 시간의 기준인 원자시와 지구 자전을 기준으로 한 천문시와의 차이를 보정하기 위한 '1초'라고 한다.

우리 일상에서 하루나 한 시간이라면 몰라도 1초까지 보정해야 하는가 의문이 든다.

그런데 그 1초에 명왕성 탐사선 뉴허라이즌스호가 16.26킬로미터를 날아가고, 세슘원자는 91억9천 번을 진동하고, 벌은 200번의 날갯짓을 한다고 한다. 이렇듯 초 단위의 짧은 시간에 기적이 일어나고 운명이 바뀐다고 생각하니, 그 '1초'를 가볍게 무시할 수 없을 것 같다.

지난날 나에게도 짧은 시간에 기적이 있었다.

젊음이 넘치던 생도 4학년 때였다. 1학기를 마친 우리는 공수부대에서 생명까지 담보하는 공수 훈련을 받았다. 푹푹 찌는 여름날 전투복에 철모까지 쓰고 3보 이상 뛰었고, 비행기에서 창공으로 뛰어내리는 연습과 낙하산에서 지면으로 떨어지는 훈련을 온몸이 기억하도록 수백 번 반복하였다. 저녁이면 옷은 땀과 흙먼지로 범벅이었고 몸은 그야말로 파김치가 되었다. 호랑이 같은 조교들은 생각만 해도 몸서리가 났다.

훈련 4주째는 실제 비행기에서 낙하했다. 주 낙하산을 등에 메고 보조 낙하산을 가슴에 매달고 비행기에 올라 한 사람씩 창공으로 몸을 내던졌다. 집채만 한 낙하산이 활짝 펴지면서 하늘을 백장미로 수놓았고 긴장했던 우리의 얼굴도 환해졌다. 지상에 닿을 때는 온몸으로 익힌 접지 동작으로 생명을 지켰냈다. 날고 있는 비행기에서 창공으로 뛰어내린 순간은 지금 생각해도 오금이 저리고 발끝이 간질거린다. 끓는 젊음과 생도의 명예가 아니었다면 어떻게 해낼 수 있었을까.

세 번의 주간 낙하를 무난히 마치고 마지막 야간 낙하를 하는 밤이었다. 우리는 초조하게 하늘에 올라 비행기 문이 열리자 희미한 창공으로 몸을 내던졌다. 그런데 어찌 된 일인가. 머리 위에 활짝 펴져야 할 내 낙하산이 팔자 꼬임으로 절반밖에 펴지지 않았다. 보조 낙하산을 펴려고 핀을 뽑고 줄을 앞으로 내쳤으나 손에 쥔 핀에 줄이 엉켜버려 펴지지 않았다. 더 이상 어떻게 할 방법이 없자 나는 갑자기 당황해졌다.

날개 접힌 새가 공중에서 추락하는 것처럼 나는 다른 동료들보다 훨씬 빨리 떨어지고 있었다. 정상 낙하에도 자칫 다리나 허리가 골절되거나 죽기도 한다는데 이렇게 빨리 떨어지니 내 어찌 살 수 있단 말인가.

'아, 몇 초 후면 나는 죽는구나. 땅에 떨어질 때 그 고통을 어찌 감당할까. 어머니, 친구들, 그동안 즐거웠습니다.'

짧은 순간 많은 생각들이 빠르게 스쳐 갔다. 떨어질 때 끔찍한 고통과 죽음을 준비하며 몸을 움츠린 채 눈을 감고 발끝이 닿기를 기다리고 있었다. '쿵!' 떨어지는 순간 죽었다 하고 쓰러졌다. 잠시 후 사람들이 달려오는 소리가 들려왔다. 그렇다면 살아 있다는 게 아닌가. 조심스레 일어나 보니 하늘의 별들이 깜박이고 있었다. 나는 다시 쓰러져 양팔을 쭉 펴고 눈을 감았다. 동료들과 의료진들이 허겁지겁 달려와 살피더니 천우신조라며 앰뷸런스에 실었다. 훈련을 무사히 마친 동료들의 회식 소리가 귀청을 울렸으나 나는 무사히 살아났다는 것 자체가 꿈속 같았다.

당시 내가 다른 동료들보다 훨씬 빨리 떨어지면서 무난히 살아난 것은 기적이었다. 유추해 보니 800미터 높이에서는 보통 120초 걸리는데 나는 이보다 1.5배 정도 빠르게 떨어진 것 같다. 당황하며 죽음을 준비했다가 그 문턱에서 일순간에 살아 돌아온 것이다. 당시 나는 얼마나 운이 좋았던가.

40대 초반, 나에게 또 다른 기적이 있었다. 동해안에서 여름휴가를 마치고 대관령을 넘어오던 밤길이었다. 꾸불꾸불 고갯길을 조심스레 올라오는데 갑자기 맞은편 차가 내 차 앞으로 달려들었다가 빠져나갔다. 나도 멈칫 차를 비켰는데 1초만 늦었더라면 충돌했을 것이다. 맞은편 차가 왕복 2차로에서 중앙 차선을 넘은 것 같았다. 온몸에 식은땀이 쫙 났다. 위기일발이었는데도 아내와 아이들은 뒤에서 세상모르게 자고 있었다.

되돌아보니 내가 창공의 낙하산에서 떨어지면서 발끝이 땅에 닿을 순간 두 다리를 모으고 무릎을 굽히며 굼벵이처럼 몸을 웅크리고 뒹구는 접지 동작을 무의식적으로 하지 않았더라면 어찌 살 수 있었겠는가. 그것은 운이라기보다는 몸서리치도록 반복 훈련을 시킨 조교들의 덕이었다. 조교들은 호랑이 탈을 쓴 천사들이었다.

대관령 고개에서 살아난 것도 생각해보니 어머니의 간절한 기도 덕이 아닌가 싶다. 시골에 계신 어머니는 매일 아침 우리 네 식구 이름을 거명하며 무탈하고 잘되기만을 얼마나 간절히 기도하고 계신가. 지금도 나는 어머니 은덕으로 살아가고 있는 것이다.

지금까지 나의 영육적인 삶은 크고 작은 갖가지 기적들로 이어져 온 게 아닐까. 그 기적들은 나에게 새 생명을 주었고 쓰러지려는 나를 붙들어 세우기도 하였다. 기적은 나 혼자서 이루어 내는 게 아니었다. 주변에서 도움의 손길이나 간절한 기도가 있었고 보이지 않는 순풍이나 훈풍이 있었기에 가능하였다.

지금도 나는 또 다른 기적을 꿈꾸어 본다.

(2015.)

그때 그 경험

찬란한 아침 햇살을 안고 강변도로를 따라 출근한다. 강바람이 잠시 쉬고 있는 것일까. 오른쪽으로 잔잔한 한강이 평화스럽고 물 위로 강 건너 빌딩숲이 아련하게 비친다. 감미로운 클래식을 들으면서 철 따라 변화하는 강변의 자연 정취를 음미하며 운전하니 밀리는 교통이 오히려 여유롭게 느껴진다.

조용한 음악이 끝나자 차 안에는 베토벤 교향곡 5번 ≪운명≫이 웅장하게 울려 퍼진다. 갑자기 한강은 30년 전 대홍수의 환영으로 바뀌면서 맑고 잔잔한 강물은 황톳빛 급물결로 변하고 발밑까지 차오른다. 그때의 대홍수는 기록적이었고 생에 겪기 어려운 귀한 경험이었다.

1984년 8월 마지막 날, 차분해야 할 한밤중에 서울 지역에는 엄청난 폭우가 쏟아졌다. 하늘은 여름 내내 머금었던 빗물을 한꺼번에 토해내는 듯 3백여 밀리의 비를 다음 날 정오까지 들이퍼

부었다. 대재앙의 신호탄이었다.

한강 상류 지역에도 폭우가 퍼부어 서울과 가까운 팔당댐도 더 이상 강물을 잡아두지 못하고 초당 3만 톤이 넘는 기록적인 방류를 하고 있였다. 한강 하류에 위치한 잠수교가 잠기고 평시 2.3m인 한강 인도교 수위는 위험수위 10.5m를 훌쩍 넘어 11.03m까지 올라갔다. 그 당시 우리나라 기록상 세 번째로 높은 수위였다.

한강은 성난 황톳물로 변하고 교량 난간 가까이 올라온 강물은 금방 무어라도 집어삼킬 태세로 휘몰아치고 있었다. 가축과 바지선이 떠내려가도 붙잡을 수 없었고 강물은 금방이라도 한강 둑을 넘을 것 같아 일촉즉발의 긴장감이 감돌고 있었다. 거대한 자연의 기세 앞에 인간은 미약하게만 여겨졌다.

서울시 재해대책상황실에는 자기 동네가 침수되고 강둑이 무너지려 한다는 등 이곳저곳에서 전화가 빗발치며 북새통을 이루었다. 수해는 훈련이 아닌 실제 상황이었고 자연의 대재앙 속에서 인간이 생존해야 하는 전쟁이었다. 당시 나는 서울시 수방(水防) 업무를 담당하는 계장으로 상황을 총괄하느라 정신이 없었다. 촌각을 다투는 긴박한 상황에서 고달프고 힘듦을 느낄 틈도 없었다.

한강 수위가 높아지니 지천인 성내천에서는 낮은 둑으로 강물이 넘쳐 들어와 주택가는 사람 키 이상으로 침수되었다. 구조 요원들이 고무보트를 타고 다니면서 물바다가 된 주택가로 사람들을 구조하러 다녔다. 마포지역은 한강과 연결된 수문 틀이 수압에 못 이겨 육지 쪽으로 넘어져 강물이 주택가로 들어가 지붕까지 침수되었다.

얼마 후 침수지역에서 물이 빠지니 삶의 보금자리가 온통 흙탕물로 뒤범벅이 되어 말할 수 없이 처참하였고 매캐하게 썩은 냄새가 진동하였다. 주민들은 하늘을 원망하면서도 복구에 진땀을 쏟았다. 그런데 마포구 주민들만은 침수는 인재라고 분노하며 피해 보상을 요구하는 집단 소송을 냈다. 그 후 6년간의 소송 끝에 대법원의 최종 판결로 시에서 보상하였으나 그동안 주민들의 아픔과 고통을 치유하기엔 턱없이 부족했을 것이다. 나는 일 년 남짓 소송 업무를 수행했는데 주민들의 아픔보다는 서울시의 처지를 대변할 수밖에 없는 위치여서 지금도 마음 한편이 씁쓸하다.

공직자의 자세는 시민들의 행복과 아픔에 많은 영향을 미친다는 것을 공직을 떠나고 나니 더욱 절실하게 다가온다. 내가 공직에 있을 때는 속칭 갑의 처지에서 을의 처지를 생각지 못한 면이 많았던 것 같다. 공정하고 형평성 있는 업무 처리가 최선이라고 여겼으나 상대의 입장과 아픔을 좀 더 고려했더라면 좋았을 거라는 아쉬움이 남는다.

국가나 기관도 뼈아픈 역사를 통하여 발전하듯이, 나의 초창기 공직생활에 기록적인 대홍수를 직접 겪고 처리한 경험이 직장 생활 내내 소중한 자산이 되었다. 서울시는 그때 이후로 하천 제방을 높였고 수해 방지 시설물도 크게 보강하여 그 이후 한 번의 더 큰 홍수를 만났지만, 침수 피해는 줄일 수 있었다. 미흡한 수방 시설물은 잠시 덮어질 수 있을지라도 언젠가는 큰 재앙을 불러온다는 교훈도 얻었다.

1984년 대홍수 때 나는 한 달여를 상황실에서 밤낮없이 근무하면서 말할 수 없이 고달팠지만, 그때의 대홍수를 겪지 않았더라면 서울의 지하철, 도로와 교량 등을 다수 건설하면서 그토록 높은 수준의 수방 대비를 해야 된다는 것을 생각지 못했을 것이다.

자동차는 어느덧 한강 변을 벗어나 사무실 앞마당에 도착하였다. 가끔 집 전화번호는 잊을 때가 있으나 30년이 지난 지금도 당시 기록적인 팔당댐 방류량 초당 30,134톤, 한강 인도교 수위 11.03미터의 숫자는 잊히지 않는다.

그때의 대홍수를 겪지 않았더라면 한강이 지금 이렇게 평온하게 흐를 수 있을까. 그때의 그 경험이 없었더라면 내가 현재 이만큼 성숙할 수 있을까. 비 온 뒤에 땅이 굳는다는 말을 다시 한번 되새겨 본다.

(2014.)

생동했던 그때

입춘이 갓 지난 2월 8일, 젊은 시절 한때 몸부림쳤던 교정을 둘러본다. 말쑥하게 정리된 도로와 공원들, 널따랗게 펼쳐진 화랑 연병장 등 교정은 옛 모습 그대로이다. 당시 함께 했던 생도들은 지금 어디에서 무엇을 하고 있을까.

그 옛날 오늘, 이곳에 첫발을 내디뎠다. 군인이 무엇인지 모르고 들어온 육사. 혹독한 기초 군사훈련이 기다리고 있었다. 새 전투복으로 갈아입자마자, 쩌렁쩌렁한 지휘자의 구령 소리는 내 혼을 빼놓고 내 몸을 마음대로 조정했다.

새벽 6시면 어김없이 울어대는 기상나팔, 깜짝 놀라 일어나서 어색한 군화에 철모를 쓰고 정신없이 움직이고 뛰었다. 낯선 제식동작을 몸이 기억하도록 반복하였고, 경사진 언덕길을 다리가 저리도록 오르내렸다. 비지땀으로 녹초가 되어도 목소리엔 패기가 넘쳐야 했고, 눈망울은 반짝반짝 빛나야 했다.

드디어 정식으로 생도 1학년이 되었다. 3주간의 훈련을 마치면 멋진 생도 생활이 펼쳐질 줄 알았다. 그런데 고대했던 생도대에는 2, 3, 4학년 생도들이 층층시하로 포진하고 있는 게 아닌가. 1학년 생도들은 갓 시집온 새댁처럼 행동거지 하나하나가 감시되고 있었고, 상급생 앞에서 숨 한 번 크게 쉴 수 없었다.

동기생 4명이 생활하는 호실에는 개인별 책상과 캐비닛, 침대가 놓여 있었다. 지급된 옷가지들을 정해진 위치에 말끔히 정리해야 했다. 정복과 예복 같은 겉옷은 캐비닛 옷걸이에 단정히 걸어야 하고, 내의는 시루떡을 자른 것처럼 각지게 개켜 놓아야 했다. 침구도 주름 하나 없이 각지게 펴서 정돈해야 하고, 책은 키 큰 순서대로 우측부터 정렬해야 했다. 구두나 모자의 모표는 눈망울처럼 반짝반짝 빛나야 했다. 호실이나 복도도 항상 깨끗이 청소되어야 했다. 오물이 하나라도 보이거나 먼지가 조금만 있어도 얼마나 혼이 났는지 모른다.

처음에는 2학년 생도들이 정리하고 생활하는 요령 하나하나를 시범하며 친절히 가르쳐 주었다. 그후 제대로 하지 않으면 지적하고 호통을 치면서 혹독한 얼차려를 주었다. 우리는 '쪼그려뛰기'나 '팔굽혀펴기' 같은 체벌을 수십 번씩 반복하며 얼마나 많은 진땀을 흘려야 했던지…. 아무리 애를 써도 짜인 시간에 서툰 솜씨로 잘하기란 쉽지 않았고 얼차려는 일상화되어 갔다.

매주 월요일이면 전 생도들은 완전군장으로 화랑 연병장에서

하기식을 마치고 10km 구보를 출발했다. 군화와 철모, M1 소총을 멘 완전군장은 처음부터 무거웠다. 조금 달리면 숨이 가쁘고 온몸에 힘이 빠져 발이 땅에서 떨어지지 않았다. 내가 대열에서 몇 번 낙오하자 2학년 생도들의 얼차려는 성난 파도처럼 거세졌다. 달릴 때마다 무릎 관절이 시큰거리고 고통스러워도 대열을 따라가려고 얼마나 기를 썼는데….

교수부 학과 수업도 만만치 않았다. 배운 내용을 그 시간에 시험을 보았다. '데일리'라는 이 시험과 중간고사와 기말고사를 종합하여 일정 점수에 미달하면 휴가도 가지 못하고 재시험을 치러야 했다. 이도 통과하지 못하면 학교를 그만두어야 했으니…. 마음 편한 날이 없었다.

1학년생도 생활이 이렇듯 힘들고 고달플 줄 미처 몰랐다. 고등학교 때 보았던 육사 생도는 얼마나 멋진 모습이었던가. 품위 있고 우아한 생활만 있는 줄 알았는데 웬걸, 바닥부터 시작한 힘겨운 생활이었다. 어떻게 헤쳐나갈 것인지 앞이 보이지 않았고 한숨이 절로 나왔다.

일요일 저녁 9시면 전 생도들은 광장에 모여 점호를 취한다. 외출을 다녀온 상급생들과 외출을 나가지 못한 1학년생들이 한자리에 모여 인원을 점검하고 활기찬 한 주를 다짐하곤 했다. 군가와 구령을 목이 터져라 외치고 나면 답답한 가슴이 시원해지고 밤하늘에 별들은 더욱 깜빡거렸다. 4학년 연대장 생도가 연단에 올라서서 카랑카랑한 목소리로 "사자는 새끼를 낳으면 낭떠러지에 떨어뜨려 살아남는 것만 키운다."라고 일장 연설을 한다. 아직도 생생한 그 얘기가 사실인지 속설인지 알 수 없지만, 당시 우리는 사실처럼 믿고 있었다.

비껴갈 수도 벗어날 수도 없는 1학년 생활. 고달픔도 아픔도 삼키고 삭이며 이겨 내기로 마음먹었다. 2학년이 되면 큰소리도 한 번 쳐보고 하늘도 실컷 쳐다볼 수 있으리라 기대하면서.

뒤돌아보니 기초 군사훈련과 1학년 생활은 육사 생활 중에서 가장 가파른 낭떠러지였다. 사자들을 잘 돌봐서 살려내기보다는 가혹한 시련 속에서 살아남는 자들만 골라내는 시기였다. 여린 시골 소년은 굴러떨어지면서도 살아남으려고 얼마나 발버둥을 쳤는지 모른다. 1학년 바닥 생활을 벗어나던 날, 기초 군사훈련을 마친 날처럼 눈물이 났다.

당시 고비에서 살아남지 못했더라면 내 어찌 육사를 졸업할 수 있었겠는가. 지금까지 닥쳐온 거센 세파 속에서 어떻게 견뎌낼 수 있었을까. 지금의 나는 존재하기 어려웠을 것이다.

생각만 해도 몸서리쳐지고 되돌아가고 싶지 않지만, 사십 년도 훨씬 지난 생동했던 그때가 그립다.

(2017.)

확실한 기초를 세우려고

한강 북쪽의 강변도로를 달리면 강바람이 시원하다. 도로 위를 물 흐르듯 미끄러지고 있는 차들은 지금 어디를 향하고 있을까. 거침없이 달릴 수 있는 도로를 보면 정성 들여 키운 자식처럼 뿌듯하고 흐뭇하다. 이곳을 지날 때마다 당시 일들이 엊그제처럼 생생하다.

30여 년 전 공직에서의 일이다. 시(市)의 공사 과장으로 있던 어느 날 이곳에 교량을 건설하는 업무를 맡게 되었다. 공사 현장을 나가보니 한강 바닥에는 토사로 임시 도로가 만들어졌고, 그 위서 직경 7~8m, 높이 1.5m 정도의 콘크리트 우물통이 군데군데 세워져 있었다. 크레인 등으로 우물통 내부의 토사를 파내고 있었는데, 통 안에는 누런 흙탕물만 가득하고 아무것도 보이지 않았다. 먹통의 흙탕물 속에서 얼마나 깊이 팠는지 어떤 상태의 바닥인지 알 수가 없었다. 돌이나 모래를 계획대로 파내고 나면 줄자나 돌의 시료를 이용하여 깊이나 암반 상태를 측정 확인한다고 했다.

이 작업은 교량의 우물통 기초 공법이었다. 무거운 콘크리트 우물통 내부의 토사를 퍼내어서 이를 자중(自重)으로 깊고 단단한 암반에 안착시키는 게 중요했다. 그런데 우물통 내부 땅파기가 완료되더라도 흙탕물이 가득하여서 바닥을 눈으로 확인하기는 어려웠다. 흙탕물로 볼 수 없는 굴착 바닥을 확실하게 확인하는 방법이 없을까 나는 고심하기 시작했다.

며칠 후 시공사 현장 소장을 사무실로 불렀다. 차를 한 잔 나누고나서 우물통 굴착이 완료되면 내부 물을 완전히 퍼내고 바닥상태를 확인하는 검사를 받으라는 작업지시서를 써 주었다. 소장은 지금까지 강바닥에 있는 우물통 안의 물을 퍼낸 일이 없다며 당황해 했고, 과장이 구두가 아닌 문서로 작업지시를 하는 걸 의아하게 여겼다. 보통은 감독이 문서로 된 작업지시서를 주었다.

내 지시에 공사 현장이 술렁였다. 감독관청의 공사 과장 지시를 어떻게 이행할지 고민한 분위기였다. 한강 바닥에서 십여 미터 깊이의 커다란 우물통 내부 물을 완전히 퍼내기도 어렵거니와, 물을 퍼낸 바닥에 사람이 내려가 점검하는 동안에 갑자기 지하 수맥이 터지거나 정전 등으로 배수펌프가 일시에 멈춘다면 생명까지 위험하다는 것이었다. 소장의 얘기에 나도 내심 걱정이 되었다. 그렇다고 어렵게 고심하여 결정한 사항을 시도해 보지도 않고 철회할 수는 없었다.

교량의 기초는 상부의 모든 하중과 충격을 지탱하는 구조물의 뿌리로서, 무엇보다 확실하고 튼튼해야 했다. 기초가 부실하면 그 위에 아무리 멋있고 든든한 상부 구조물을 설치한들 무슨 소용이 있겠는가. 기초공사는 물속이나 땅속에 한 번 설치하면 이후에 확인이나 보강도 어렵다. 따라서 기초공사는 확실하게 설치하지 않으면 안 되었다. 그러나 이를 어떻게 실행에 옮기는가가 중요했다. 현장에 안전대책을 충분히 세우고 작업하도록 당부를 했다.

드디어 우물통 내부 바닥을 확인하는 날이다. 현장에 도착하니 깊고 커다란 우물통 안의 물을 완전히 퍼내어서 암반 바닥이 훤히 드러나 있었다. 십여 대가 넘는 수중 펌프로 며칠 동안 물을 퍼냈단다. 우물통 주변에는 현장 사람들이 둘러서서 뻥 뚫린 바닥을 내려다보고 있었다. 잠시 후 두 사람이 장비를 타고 바닥으로 내려가고 점검하는 모습을 조마조마 지켜보았다. 얼마 동안 이리저리 점검하고 난 두 사람이 다시 크레인을 타고 밖으로 빠져나왔다. 비로소 안도의 한숨을 내쉬었다. 무사히 점검을 마친 게 얼마나 다행인지, 나는 더 깊게 안도의 숨을 내쉬었다.

이후 공사장 분위기가 달라졌다. 현장 직원들은 우물통 바닥까지 확실하게 시공했다는 자부심을 갖는 것 같았다. 이후 다른 우물통들도 몇 개마다 하나씩 무작위로 지명되어 물이 퍼올려지고 깊은 바닥이 드러나게 되었다. 그때 공사 관계자들은 고달팠겠지만 우물통 기초는 확실하고 튼튼하게 설치되고 있었다. 이 일이 인접 공사장에도 전파되어 구조물 기초는 튼실하게 설치하려는 분위기가 퍼져나갔다.

세상에서 기초를 튼튼히 해야 하는 게 어디 교량뿐이겠는가. 학문이나 예술도 기초가 튼튼해야 높은 탑을 쌓을 수 있고, 사람도 기본이 잘되어 있어야 올바른 사고와 인격을 닦을 수 있다. 시골에서 중학교에 다닌 나는 예체능 분야의 기초가 부실했다. 음악 · 미술 · 체육은 교육다운 교육을 받지 못했다. 지금도 음악의 장조와 단조를 잘 구분하지 못한다. 고등학교 시절에 예체능을 따라가려고 얼마나 애를 먹었는지 모른다. 일반 과목과 같은 점수가 매겨졌기에 좋은 점수를 받으려고 애를 썼다. 기초는 어떤 곳에서나 중요하고 튼실해야 했다.

강변 북로를 지날 적마다 그때의 일을 생각하면 지금도 아찔하다. 당시 나의 작업지시로 우물통 내부 물을 퍼내고 바닥을 점검하는 동안 무슨 불상사라도 일어났더라면 나는 그 책임을 면치 못했을 것이다. 함께 했던 분들이 수고한 덕이지만, 무사히 점검을 마친 게 얼마나 다행스러운 일인지.

그때 힘이 들었지만, 우물통 내부 물을 퍼내고 바닥을 확인하고 교량 기초를 설치한 것은 백번 잘했다는 생각이다. 위대한 시설물들은 튼튼한 기초 위에 어려움을 무릅쓰고 이뤄낸 땀과 혼의 결실이 아니던가.

심혈을 기울여 설치한 교량 도로가 아끼고 사랑받는 희망의 길이 되었으면 좋겠다. 수고했던 분들의 모습이 강물 위에 아른거린다.

(2014.)

멈춤이 있었기에

고속도로를 달리는 것은 긴장의 연속이요 숨 가쁜 경쟁이다. 내가 늦으면 다른 차가 따라잡고, 다른 차가 늦으면 내가 추월한다. 빨리 달리기 시합 같다. 앞만 보고 달리느라 주변을 볼 수도 없고 다른 생각을 할 만한 여유가 없다. 오직 달리는 데에만 신경을 쓴다. 직장에서 한 계단 오르려고 경쟁하는 것과 같다고 할까.

40대 중반 어느 토요일 오전, 사무실에서 예전에 모셨던 상사에게서 한 통의 전화를 받았다. 순간 맥이 풀렸다. 하던 일을 놓고 멍하니 천장을 쳐다보았다. 허탈하고 억울했다. 그토록 열심히 일했는데 내가 밀리다니. 어디에다 하소연한단 말인가. 오전 일과를 마치자마자 나는 고속버스 터미널로 향했다.

무작정 부산행 고속버스에 올랐다. 차가 출발하고 하늘도 서러운 듯 비를 뿌리기 시작했다. 빗방울이 차창에 부딪혀 산산조각이 났다. 나의 가슴도 처절하게 부서지는 것 같아 눈물이 쏟아졌다. 경쟁에서 밀리다니, 나는 인생의 패배자요 낙오자이다. 죽어라 일을 했지만, 비단옷 입고 밤길 걷는 격이었을까. 생각할수록 분하고 서러웠다. 종점에 닿을 때까지 눈물이 멈추지 않았다.

부산에 도착하니 날이 어두웠다. 택시를 타고 통도사로 가자고 했다. 비는 억수같이 쏟아지고 사방이 깜깜하여 차가 어디로 향하는지 알 수 없었다. 초행길이어서 겁도 났지만, 그냥 믿고 뒷좌석에 조용히 앉아 세찬 빗줄기를 바라보며 분노를 삼키고 있었다. 간신히 통도사 입구에 도착했다. 어렵사리 숙소를 잡고 자리에 누웠으나 억울한 생각에 잠이 오지 않았다. 터미널에서 산 책도 읽을 수가 없었다.

아침이 되어 통도사로 들어가는 하천 옆길을 걸으니 날씨가 감쪽같이 화창했다. 화가 잔뜩 나 무섭던 얼굴이 갑자기 환해지는 것 같았다. 내 마음도 조금 가벼워졌다. 경내로 들어가 불상이 없는 적멸보궁을 처음 보았다. 뭔가 허전했다. 다시 주변을 돌아보니 팔정도(八正道)가 새겨진 표석이 눈에 띄었다. 正見(바르게 보고) 正思(바르게 생각하고) 正念(바른 마음으로) 正語(바르게 말하고) 正業(바르게 행동하고) 正精進(바르게 노력하고) 正定(바르게 집중하며) 正命(바르게 살아가기)을 하나씩 쓰인 표석이 곳곳에 세워져 있었다. 읽고 생각할수록 가슴을 파고드는 것 같았다. 편견 없이 바르게 보는 사람이 많으면 세상이 얼마나 공정할까. 나도 그런 사람이 되기를 빌었다.

통도사를 빠져나와 호젓한 산길을 걸었다. 이정표를 따라가는 길이 맞는지 몇 번이고 살피고 뒤를 돌아보았다. 등에 땀이 적실 정도로 한참을 걸으니 산 중턱에 찾던 암자가 나타났다. 절 마당으로 들어서는데 스님 한 분이 마루턱에 걸터앉아 힘들게 올라온 나를 기다린 듯 바라보고 있는 게 아닌가. 나는 멋쩍어 뒤로 돌아보며 머뭇거리다가 조심스레 그곳을 물었다. 스님은 알고 있었다는 듯이 한 손으로 건물 쪽을 가리켰다. 스님은 내가 이곳 자장암을 찾아올지 어떻게 알았단 말인가.

건물 뒤편에는 높다란 수직 암벽이 길게 서 있었다. 암벽에는 사람 키 한 배 반 정도 높이에 엄지손가락 하나 들어갈 만한 크기의 구멍 하나가 덩그러니 뚫어져 있는 게 아닌가. 발뒤꿈치를 들고 아무리 올려보려 해도 금와보살(金蛙菩薩)인 금개구리는 보이지 않았다. 어디로 갔을까. 이곳에서 금와보살을 접견하고 승진했다는 옛 상사의 얘기가 불현듯 생각나 먼 길을 달려왔는데. 이리저리 둘러보고 한참을 기다려도 보살은 나타나지 않았다. 나에게 접견의 기회는 없는가 보다. 할 수 없이 암벽을 향해 소원을 빌고 터벅터벅 산길을 내려왔다. 뭔가 남겨놓고 나온 것처럼 자꾸 뒤를 돌아보았으나, 어떤 소리도 들리지 않았다.

밤늦게 서울로 돌아오니 가족은 어찌 된 일인지 걱정하고 있었다. 다음 날 출근하니 사무실 사람들은 여전한데 나만 혼자 큰일 치르고 나온 것 같았다. 나는 별난 일이라도 치르고 온 것처럼 새로운 각오를 담은 나의 사명서를 작성하였다. 그리고 업무 노트에 끼워 두고 수시로 꺼내 보면서 와신상담(臥薪嘗膽)하였다. 다행히 다음 해에 그토록 바라던 염원이 이루어졌다. 먼 데서 금와보살의 도움도 있었으리라.

직장에서 승진은 치열한 경쟁 속에서 달성한 성과이다. 직장에서 처음 맞는 승진은 인생의 전부로 여겼다. 승진을 위해서라면 어떤 노력과 희생도 감수하려고 했다. 소수점 두 자리까지 계상한 근무 점수로 승진 서열이 매겨졌고 동료 간에 희비도 엇갈리곤 했다. 날마다 가슴 조이며 학수고대했는데 빈손이라니, 당시 얼마나 허탈했겠는가.

그러나 뒤돌아보니 그때 승진이 안 되었기에 말로만 듣던 통도사와 자장암에도 가 보았다. 표석에 새겨진 팔정도도 가슴에 새기게 되었다. 그때 쓴맛으로 나 자신을 돌아보며 나의 사명서도 작성했다. 그 당시 한 박자 쉬었기에 고등학교 졸업하고 재수한 사람이 성숙해진 것처럼 나도 더 성숙해졌다고 할까. 당시 멈춤이 없었더라면 나는 얼마나 기고만장하며 목에 힘이 들어갔을지. 직장 생활에 오히려 해가 되었을지 모른다. 당시 멈춤은 내 가슴에 꽃망울은 맺게 했다.

"씨앗처럼 정지하라, 꽃은 멈춤의 힘으로 피어난다."라는 시가 생각난다.

(2014.)

염원을 향해

아침에 일어나서 수돗물 한 컵을 들이켠다. 상쾌한 물이 목젖을 타면서 속이 시원해지고 정신이 번쩍 든다. 집에서 수도꼭지만 틀면 거침없이 쏟아지는 수돗물. 요즈음에는 단수(斷水)나 녹물 발생도 없고 수질도 좋아졌으니 얼마나 다행스러운 일인가. 그런데 이게 하루아침에 이루어졌겠는가. 수돗물을 마실 때마다 나는 남다른 감회에 젖는다.

30년도 넘었다. 공직에 있을 때 상수도 부서의 계장으로 발령이 났다. 새로운 곳에서 또 무슨 일을 겪게 되려나 기대 반 우려 반이었다. 수돗물은 강물을 정수(淨水)하고 수도관에 압력을 가해 가정에까지 보내진다. 우리 몸속에서 피가 생성되어 심장과 혈관을 통해 전신으로 보내지는 과정과 비슷하다. 나는 수도관의 말단부인 급수 장치 업무를 맡았는데, 이는 혈관 중에서 실핏줄 정도 해당한다고 할까. 수돗물도 말단까지 잘 나와야 함은 두말할 나위가 없다.

당시 서울 지역 수돗물은 양적 질적으로 상당히 열악했다. 수돗물의 총생산량은 전체 수요에 충족하지 못했고, 수질도 현재보다 미흡했다. 땅속의 수도관은 부식이 심하여 누수(漏水)가 빈번했고, 소구경 수도관은 내부에 녹(scale)이 많이 끼어 관경이 절반 이하로 준 것도 있었다. 그러니 가정에까지 맑은 물이 잘 나올 수 있었겠는가. 시내 곳곳 수도관에서 누수가 잦고, 가정에서는 물이 안 나온다거나 녹물이 나온다는 민원이 많아서 직원들은 밤을 새워야 하는 일이 많았다. 사무실에는 한숨 소리가 끊이지 않았고, 근본적인 해결보다 그때그때 땜질 처리에 급급한 나날이었다.

나는 근원적인 해결책이 없을까 고심했다. 선진국들의 수도관 실태를 조사하니 녹이 슬지 않는 내식성(耐腐蝕性) 관을 사용하고 있었다. 서울시에서 중점적으로 사용 중이던 아연도 강관은 녹이 슬어서 오래전에 금지한 나라도 있었다. 국내 내식성 관의 가격은 아연도 강관보다 상당히 비쌌지만, 수명과 교체 주기가 길어 장기적으로 따져보니 더 경제적이었다. 서울에서 내식성 관의 적용 여부를 검토하고 시험하느라 거의 일 년이 걸렸다. 심혈을 기울이며 새로운 사실을 발굴해 내는 것은 콜럼버스가 신대륙을 탐험한 만큼 신비롭고 보람찼다고 할까.

서울올림픽 개최 일 년 전 어느 날, '서울 지역에서 구경 50밀리미터 이하 상수도관은 아연도 강관 사용을 금지하고, 내식성 관인 스테인리스 강관이나 동관을 사용한다.'라는 방침서에 최종 결재가 났다. 소구경 수도관의 일대 혁명이었다. 관련 부서에 전달은 물론 언론에도 대대적인 홍보를 했다. 관계자들은 수도관의 제반 문제가 해소될 획기적인 개선책이라고 크게 반겼고, 우리는 어려운 과제를 해결했다고 뿌듯해하며 안도의 한숨을 내쉬고 있었다.

이삼일이 지났다. 주요 일간지 일면 광고란에 '서울시 공직자들, 돈 받고 수도관 자재 변경'이라는 대문짝만한 제목으로 고발성 성명서가 났다. 국내 강관 업계에서 아연도 강관을 수도관으로 팔 수 없게 되자 결사적으로 반발한 것이다. 이토록 강하게 저항할 줄은 몰랐다. 사무실 전화가 빗발쳤고, 일한 만큼 고생한다는 것은 결코 빈말이 아니었다.

며칠 후 멀리 야외행사 중에 스피커로 나를 급히 호출했다. 사무실에서 관련서류를 몽땅 싸들고 듣기에도 섬뜩한 사정 기관으로 갔다. 작은 방에서 마주 앉은 조사관은 의심스러운 눈초리로 서류를 훑어보며 조목조목 캐물었고, 나는 하룻강아지 범 무서운 줄 모르고 또박또박 답변했다.

수 시간이 지났을까. 외국 자료 원본과 번역문까지 세세히 살핀 조사관은 나를 쳐다보며, 진즉 해야 했을 일을 당연히 했다며 표창감이라고까지 했다. 자정 무렵 조사실을 나오니 긴 터널을 빠져나온 것처럼 밤바람이 시원하고 밤하늘의 별들이 반짝거렸다.

당시 나는 당연한 일을 했으니 칭찬받는 것도 예삿일이라 생각했다. 나중에 알았는데 그곳은 정말 예사로운 곳이 아니었다. 흑백 텔레비전을 컬러로 바꾸었다고 추궁 당한 격이었지만, 바르게 보고 진실을 알아주니 얼마나 다행스러운 일인가. 그분은 참 훌륭한 조사관이었으리라.

그 후 서울 지역에서 구경 50밀리미터 이하 상수도관은 내식성관을 사용하게 되었고, 아파트 건설 시 내부 배관도 내식성 관으로 바뀌었다. 누수와 녹물 발생이 획기적으로 줄어들었고, 이는 전국적으로 전파되었다. 이와 더불어 서울시 상수도는 생산시설 확장과 수도관의 집중 관리로 가정에까지 맑은 물이 거침없이 쏟아지게 되었다. 상수도의 염원인 '맑은 물을 흡족하게'가 이루어진 것이다.

서울에서 오랜 기간 대대적으로 사용 중인 자재를 하루아침에 전면 금지하고 새로운 자재로 바꾼다는 건 공공기관이라도 그리 쉬운 일이 아니었다. 겁이 없는 30대 공직자가 그때 그곳에 있었기에 호랑이 목에 방울 하나 달았을 것이다. 지금 서울시 상수도가 110년을 흐르는 동안 얼마나 많은 분이 상수도 염원을 향해 피와 땀과 눈물을 흘렸겠는가. 나는 그곳에 바람 한 줌 보탰으리라.

자기가 길러 수확한 농작물이 유독 신선하고 맛있고 값진 것처럼 수돗물은 나에게 유난히 맑고 상쾌하고 소중하다. 다시 한 컵 받아 천천히 음미한다. 당시 함께 했던 분들의 모습이 유리창에 비친다.

(2020.)

생도 졸업

2017년 2월 어느 날, 라디오에서 흘러나오는 육사 뉴스에 귀가 번쩍 뜨였다. 육사 졸업식에서 여자 생도가 1, 2, 3등을 모두 차지했단다. 남자 생도도 졸업하기 어려운 육사인데 여자 생도가 1, 2, 3등까지 했다니, 얼마나 대단한 일인가. 인간 용광로 같은 육사에서.

1974년 3월 28일 졸업식 때였다. 널따란 화랑연병장 잔디 위에는 군악대 연주가 울려 퍼지고, 화려한 예복과 깃털 꽂은 모자를 쓰고 졸업생과 재학생들은 대열을 갖추고 서 있었다. 연병장 사방으로 만국기가 걸려 있었고, 그 아래 계단에는 졸업생 가족들로 가득 찼다.

대통령이 단상으로 들어서자, "받들어 총!"과 함께 21발의 예포가 울려 퍼졌다. 마이크로 한 사람씩 이름이 호명되면 졸업생은 차례대로 단상으로 올라가 졸업장을 받고, 대통령 내외와 악수를 했다. 나도 차례가 되어 근엄하고 우아한 두 분과 가까이서 악수를 하고 내려왔다. 숨이 멎은 것같이 긴장된 순간들이었다. 그리고 쩌렁쩌렁한 대통령의 훈화는 교내 구석구석으로 퍼져나 갔다. 생도들이 분열(分列)하고 1부 행사가 끝났다. 너무나 엄숙하여 졸업이라는 실감이 나지 않았다.

2부 행사는 장교 임관식이었다. 참모총장과 학교장과 선배 장교들이 졸업생들에게 소위 계급장을 달아 주었다. 가족과 친지들은 꽃다발을 주고 사진도 찍으며 분위기가 화기애애해졌다. 나도 시골에서 어머니와 친지들이 올라와서 얼마나 기뻤던지. 졸업생들은 강재구 동상 앞에서 교가와 '무라카'를 합창하며 모자를 던지고 환호하며 행사를 마쳤다. 육사를 졸업하고 소위로 임관하는 게 꿈만 같았다. 4년 동안 흘린 피와 땀과 눈물을 어찌 말로 다 할 수 있으랴. 한순간도 긴장을 늦추거나 한눈을 팔 수 없었고, 어느 것 하나 소홀할 수 없는 나날이었다.

고등학교를 갓 마치고 멋모르고 들어간 육사, 멋진 유니폼 대신 전투복이 기다리고 있었다. 어색한 군복에 낯선 군화와 철모를 쓰고 3주간 혹독하게 기초 군사훈련을 받아야 했다. 인솔자의 카랑카랑한 호령 소리에 제식훈련과 구보로 비지땀을 쏟았다. 내 몸 내 정신이 아니었다.

어렵사리 1학년 생도가 되었다. 다시 고달픈 생도 생활이 시작되었다. 한 중대에 2, 3, 4학년이 감시하고 있어 내무 생활은 살

얼음판이었다. 옷과 침구류가 깔끔하게 정돈되고 구두와 모표가 빛나야 했고, 자세는 바르고 언행은 절도와 패기가 넘쳐야 했다. 아무리 노력해도 상급생의 지적은 끝이 없었고, 이리저리 불려 다니며 얼차려와 호통을 받았다. 2, 3학년이 되어도 4학년이 있었고, 4학년이 되니 훈육관이 버티고 있었다. 학년이 오르면 익숙해지고 여유는 있었지만, 짜인 생활 속에서 긴장은 계속이었다. 생도들은 갖춰진 틀에서 정해진 방향으로 길들어지고 있었다.

교수부 생활은 같은 학년끼리 교육을 받으므로 조금 자유로웠다. 그러나 그날 배운 것을 그 시간에 시험을 치르기도 하니 긴장을 늦출 수가 없었다. 성적이 일정 수준이 되지 못하면 휴가는커녕 재시험을 치러야 하고, 그도 통과하지 못하면 퇴교였다. 정신을 차리지 않을 수 없었다.

체육은 다양하게 배우고 스트레스도 해소했다. 태권도 유도 검도 중 하나는 졸업 전에 초단을 따야 했다. 나는 검도가 수월할 것 같아 선택했으나 세상에 쉬운 게 없었다. 졸업 무렵에야 간신히 초단이 되었으니, 나의 생도 생활이 얼마나 힘이 들었겠는가.

군사학은 어떠한가. 매년 여름 한 달간의 군사훈련으로 우리는 점차 야전 군인이 되어갔다. 학년에 따라 분대훈련 유격훈련 공수 훈련을 받으며 군인의 쓴맛과 단맛을 맛본다. 내리쬐는 뙤약볕과 억수 같은 빗속에서 처절하게 훈련을 받으며 극한의 체력과 인내력을 키운다. 한여름 훈련을 마치면 생도들은 한결 성숙해지고 군인다워짐을 느낀다. 특히 공수 훈련 때 죽을 뻔했던 나는 이후 세상이 달리 보이고 다시 태어난 것 같았다.

4년 동안의 생도 생활. 대장간에서 쇠가 뜨거운 불에 달구어지고 쇠망치로 두들겨지고 물속에 식혀지며 전혀 다른 성질로 태어난 것처럼 육사는 인간을 완전히 개조하는 용광로였다. 여리고 수줍어하던 시골 소년이 4년 동안에 부하를 지휘 통솔하는 장교가 되었으니, 꿈에도 생각지 못한 대변신이었다. 신부(神父)처럼 지켜야 했던 삼금 제도와 감독 없이 치른 시험으로 명예와 양심을 키웠다. 아침저녁 점호 때마다 '사관생도 신조'와 '사관생도 도덕율'을 암송하며 차원 높은 국가관과 정의감과 책임감과 도덕심을 심었다. 특히 '우리는 안일한 불의의 길보다 험난한 정의의 길을 택한다.'라는 대목에서 정의로운 길을 가야 한다는 다짐을 했다. 모욕처럼 여겨졌던 상급생의 시달림도 체력과 인내심을 길러냈으리라.

내가 육사를 졸업하지 않았더라면 지금 무엇이 되었을까. 그동안 힘겹고 복받치는 분노와 세파를 견뎌낼 수 있었을까. 주어진 일에 그토록 강한 책임감을 가질 수 있었을까. 육사 생활은 내 삶의 초석이 되었고 뼈대가 되었다. 그러나 그때 배운 것이 삶의 전부는 아니었다. 졸업은 끝이 아니라 또 다른 시작이었다. 졸업 후에도 계속 자신을 갈고닦아야 했다. 멀리 넓게 보고 더 인간적이고 감사하고 배려하는 게 필요했다.

평생 상표처럼 붙어 다닌 육사 출신, 진정한 육사 정신이 무엇인지 다시 한번 되새겨 본다.

(2017.)

구슬을 꿰어 만든 작품

따뜻한 봄날, 한강 북쪽 강변도로를 따라 달리다보면 응봉산에는 개나리꽃이 온 산을 뒤덮고 있다. 노란 물감을 산 위에서 쏟아부어놓은 것 같은 전경이 한강 쪽에서 바라보면 얼마나 아름다운지…. 이곳 반포대교와 성수대교 사이의 강변북로 교량인 '두모교'를 지날 때마다 나는 남다른 감회에 젖는다.

90년도 중반, 이곳에는 넓고 우람한 교량을 신공법으로 건설하고 있었다. 한강에 교량을 건설하는 것은 대자연 속에 인간의 의지를 심으려는 도전이요 모험이었다. 여름철이면 홍수 속에서 하천수가 샘솟는 강바닥을 파서 교각을 세워야 하고, 푸른 강물 위에서 교량 상판을 가설해야 한다. 이것만도 힘들고 위험천만한 일인데, 신공법으로 교량을 건설하는 일이었다.

강바닥에 우물통이나 말뚝을 심어 기초 공사를 하고 교각을 세우는 공사는 국내에 다수 경험이 있기에 그래도 해낼 수 있었다.

그러나 교각 사이에 설치하는 교량 상판 공사는 국내에서 처음 도입한 신공법이었다. 일반적인 교량 상판 공사는 교각 사이에 거푸집 형틀을 설치하여 철근 콘크리트로 시공하고, 강선 다발을 넣어 당기는 방법이다. 그러나 이곳 신공법은 교량 상판 길이를 여러 조각으로 나누어 공장에서 제작한 다음, 그 조각을 교각 사이에 설치하고 강선 다발을 꿰어 당기는 '교량 상판 분절 공법'이었다. 쉽게 말하면 교각 사이에 구슬을 얹어놓고 철사로 꿰어 당긴 형태라고 할까. 당시는 기상천외한 발상이었다. 이를 건설 현장에서 실현한다는 것은 보통 힘든 작업이 아니었다.

교각과 교각 사이가 50m인 교량 상판을 19개의 조각으로 나눈다. 이 조각을 분절(分節)이라고 하는데, 하나의 크기는 폭 16.8m, 높이가 3m이고 길이는 2.75m나 된다. 또한 무게가 60톤이나 되는 거대한 콘크리트 구조물이다. 작은 아파트 한 층 정도라고 할까. 크고 육중한 분절을 정밀하게 제작하고 보물처럼 이동하고 높은 교각 사이에 정확히 설치하기란 매우 위험하고 어려운 일이었다. 처음 걸어보는 낯설고 두려운 길이었다.

분절 하나하나를 정확한 규격과 고강도 콘크리트로 제작해야 했다. 하나 제작에 한 달 이상 소요되었다. 직선 구간의 분절은 그래도 거의 규격이 같지만, 곡선 구간에서는 분절마다 규격이 달라 보석처럼 면밀하게 제작해야만 했다. 몇백 개의 분절이 만들어지면 널따란 저장 공간도 필요했다.

거대하고 무거운 분절을 교각 사이에 설치하는 작업은 또 얼마나 정밀해야 하고 위험했는지. 둔중한 분절을 대형 크레인과 트레일러로 이동하는 것은 살아있는 코끼리를 들어 옮기는 것처럼 조심스러웠다. 제작된 분절을 높은 교각 사이에 설치하는 것은 커다란 대궐에 대들보를 얹는 것만큼 신중하고 가슴 조였다. 올려진 분절을 틈 없이 맞추고 몇십 개의 강선 다발을 꿰어 당기면, 한 구간의 교량이 설치되었다. 처음 한 구간 완성했을 때 그 기쁨 어찌 말로 다 할 수 있으랴. 작은 실수나 착오가 없도록 긴장하고 점검하며 진행하였다. 하나하나 나가는 게 살얼음판을 걷는 것 같았다. 혼과 땀으로 빚어낸 기적이요 보람이었다.

교량 상판 가설이 한창 진행되던 어느 날, 분절을 크레인으로 인양하던 중 하나가 10여m 높이에서 떨어졌다. 당시 발주청 공사 과장이었던 나는 전화를 받는 순간 가슴이 덜컹했다. 현장에 가 보니 분절이 하도 무거워 크레인 제동장치가 저절로 풀어졌다는 것이다. 인명사고가 없어 천만다행이었다. 분절은 깨지지 않았지만, 내적 손상이 염려스러워 다시 제작하기로 했다. 공사장이 한 달 동안 중단되어 타격이 심했다. 그때 인명사고가 있었더라면 상황은 더 심각했을 것이다.

'구슬이 서 말이라도 꿰어야 보배라.'라는 속담이 있다. 아무리 훌륭한 신기술이라도 현장에서 실현해야 가치가 있다. 공사 기간이 빠르고 품질이 보장된다고 신공법을 도입했지만, 국내 건설

경험이 없기에 하나하나가 시험이요 모험이었다. 의심되는 문제들은 외국 회사에 문의하여 현장에서 검증 확인하고 다지느라 공사 진척이 더디었다. 빙벽의 에베레스트산을 한 발 한 발 확인하면서 딛고 올라가는 것 같았다.

건설 공사는 연습이 없다. 한 번이라도 실수하면 대형 사고요 물질적 사회적 손실은 이루 말할 수 없다. 당시 눈앞에서 벌어지는 성수대교 참사를 보며 더욱 긴장하였고, 구슬을 하나하나 꿰면서 심혈을 기울였다. 국내 관계 토목 기술자들도 시제품을 개발한 것처럼 관심이 지대했다. 관계 기관에서 감사는 또 얼마나 빈번했는지. 당시는 고달팠지만 그래도 공사 중이었기에 다행이었고 많은 도움이 되었다. 국내 최초의 신공법 교량이 설치 완성되면서 서해대교와 다른 교량 건설의 본보기가 되었다. 국내 교량 건설 역사도 새로 쓰였으리라. 나는 사무실과 현장을 오가며 얼마나 애를 썼던지. 현장에서 직접 수고한 분들의 노고야 말할 나위 없으리라.

당시 미국 캘리포니아에 있는 골든게이트 브리지(Gold Gate Bridge : 금문교)를 견학했다. 그 넓고 무서운 바다 위에서 강재 트러스로 교량을 건설하느라 얼마나 애를 썼을까. 당시 그곳 건설인들도 생명의 위험을 무릅쓰고 혼과 땀을 다했을 것이다. 이후 나는 거대한 인조물을 만나면 건설인들의 피땀 어린 노고를 생각하게 되었다.

온갖 어려움 속에서 구슬을 꿰어 작품처럼 건설한 교량 위를 지나면 당시 일들이 엊그제처럼 생생하다. 힘겹게 건설한 강변북로 교량 '두모교', 이곳을 지나는 차들이 작품 위를 지나는 것처럼 가볍고 조심스레 지났으면 좋겠다.

(2017.)

롤 모델

한강 변 도로를 달리면 건설 당시의 일들이 주마등처럼 떠오른다. 사반세기가 지났건만 한강 남쪽 교량을 지날 때마다 그분과 함께 있었던 일들이 엊그제같이 생생하다.

1990년대 초 공직에 있을 때 일이다. 그분은 내가 근무하는 건설본부의 본부장으로 부임하셨다. 성격과 행동이 조금 특이한 분으로 정평이 나 있기에 직원들은 바짝 긴장하였다.

새로운 기관장님의 성격과 근무 방식에 따라 직장 분위기가 달라졌다. 본부장 결재를 다녀온 과장들이 한마디씩 했다. 서류에 오자나 탈자가 하나라도 있거나 묻는 말에 소신과 일관성이 없으면 혼이 난다고. 어떤 과장은 결재를 받다가 서류를 바닥에서 주워들고 나왔다고 했다. 그런 본부장에게 결재를 받아야 하는 과장들은 숨죽이며 그분의 눈치를 살피곤 했다.

과장인 나는 그런대로 결재를 잘 받았다. 그러나 이번에는 달랐다. 건설 중인 교량에 설치할 '신축 이음 장치'를 어느 제품으로 선정할 것인가를 결정해야 했다. 기존 교량에서 하자가 많이 발생하여 새로 건설하는 교량에서의 제품 선정은 무엇보다 중요하였다. 관련 업계에서도 초미의 관심거리요, 주한 외국 대사관에서조차 자국의 제품을 소개하였다. 기능과 내구성이 우수하고 하자발생이 적고 유지관리도 편리하면서 가격이 낮은 제품을 선정하여야 했다.

내 설명을 다 듣고 난 본부장님은 모든 외부 조건을 배제하고 객관적으로 공정하게 선정하라고 말씀하셨다. 얼마나 다행스러운 일인지. 실무자에게 기술적으로 검토하라는 것보다 더 좋은 여건은 없었다.

여러 형태의 제품 중에서 우수한 것을 대략 고를 수는 있어도, 항목별로 엄밀하게 비교하여 선정하고 객관적인 자료를 다 갖추기란 쉬운 일이 아니었다. 몇 번을 퇴짜 맞고 검토하여 보완하느라 얼마나 고심했는지…. 결재를 받던 날, 온종일 하늘을 날고 싶었다.

새로운 본부장님이 오신 이후 많은 공사를 관리하는 건설본부가 더욱 안정된 것 같았다. 본부장님은 무엇보다 청렴결백하였고 이를 행동으로 보여 주셨다. 점심은 거의 국수로 때우셨고 일과 후에는 파전에 막걸리를 즐기셨다. 형식보다는 실질을 중시하여, 직원에게 공로패를 줄 때도 내용을 16절지에 타자하고 그 밑에

본부장과 간부들이 서명하여 판에 넣어 주었다.

또 매사를 바르게 보고 정확하게 판단하셨다. 원칙을 정하여 소신 있게 밀고 나가셨다. 건설 공사에서 품질과 안전에는 한 치의 오차도 허용하지 않았으니 직원들은 항상 정신을 놓을 수가 없었다.

직원들에게 겉으로는 엄격했지만 속으로 아끼셨고, 외부 기관으로부터 보호하려 애쓰셨다. 직원들의 출신 학교나 지역에 편견을 두지 않고 능력을 중시하였으니 얼마나 공명정대한 분이셨는가.

어느 휴일 내가 현장을 순찰하고 있는데 갑자기 호출이 왔다. 간부들과 등산을 마친 본부장님은 두부에 막걸리를 들며 나를 불러 격려하여 주셨다. 공과 사의 구별이 엄격하였지만, 속정이 깊으셨다.

본부장님은 삼 년 남짓 계시다가 다른 부서로 가셨다. 한동안 나는 주인 잃은 강아지처럼 멍하였다. 바르게 보고 올곧은 것이 무엇인지를 보여 주신 분이었기 때문이다.

그때 선정된 제품으로 세워진 교량은 차량 통행이 원활하고 하자도 발생하지 않아서 건설 중인 다른 교량에도 널리 전파되었다. 당시 그 같은 여건을 만들어 주지 않았더라면 어찌 그런 제품을 선정할 수 있었을 것인가.

공직 중에 내가 그분을 만난 것은 행운이요 기적이었다. 언제부턴가 나는 그분을 나의 롤 모델(role model)로 정하였다. 좋은 점을 본받고 싶었고, 복잡한 일이 닥치면 그분이라면 어떻게 처리하실까 생각하면 답이 나왔다. 행동과 말씀을 떠올리며 중심을 잡았고 위로를 받았다.

이후 본부장님은 부시장에 오르셨다가 대학교에서 교수를 거쳐 총장까지 하셨다. 그분이 우리 조직을 떠난 후에 나는 종종 막걸리 집에 모시어 해박한 말씀을 듣곤 하였다. 가까이 뵈어도 언제나 검소하고 소박한 모습으로 가식이 없으셨다. 그러나 몇 년 전부터 그토록 즐기시던 '홍탁'(홍어를 삭혀 만든 요리)도 멀리하여 뵙지 못하였는데, 어제저녁 부음 전화에 허탈하였다.

나는 지금 그분의 영정 앞에 섰다. 언제나 단정한 스포츠형 머리로 바로 옆에 계신 듯 옅은 미소를 지으며 부드럽게 말씀하신다. "허허, 오랜만이오."

'나으시면 뵙고 싶었는데 팔순도 안 되어 떠나시다니요. 잠깐이었지만 뵐 수 있어 다행이었고, 본받으려 하며 행복했습니다. 몸은 비록 가셨지만, 당신의 혼은 제 가슴속에 남아 있습니다. 이제 모든 걸 내려놓으시고 그곳에서 편히 쉬십시오.'

정말 올곧게 살아오시고 아까우신 분. 어디서 다시 만날 수 있으랴. 봄비가 소리 없이 내린다.

(2018.)

첫발

회색 벽돌로 둘러싸인 부대 앞을 지나면 가슴이 설렌다. 궁궐보다 우람한 정문과 철통같이 지키고 있는 초병, 그 옆에 대문짝만한 글씨로 새겨진 구호판. 반백 년이 지난 지금도 예전 모습 그대로이다. 이들을 보고 있으면 당시의 일들이 엊그제처럼 생생하다.

그해 여름 어느 날, 푸른 모자에 다이아몬드 하나 달랑 붙인 소위가 이곳 정문 안으로 들어섰다. 4년간의 혹독한 훈련 과정을 마치고 임관하여, 몇 달간 실무 교육까지 마치고 이 부대에 첫발을 내디딘 것이다. 어떤 부대일까, 어떤 상황이 전개될까. 기대 반 설렘 반으로 보무도 당당히 별이 새겨진 깃발을 향해 걸어갔다. 탄탄대로가 펼쳐지길 기대하면서.

몇몇 동기들과 같이 긴장된 모습으로 빛나는 부대장에게 전입신고를 했다. 그리고 각자는 배치된 부대로 향했다. 나는 몇 단계신고를 거쳐 마지막으로 내가 근무할 포대에 도착하니 늦은 오후가 되었다. 허름한 책상에 의자 몇 개 놓인 좁은 행정실은 초라하기 이를 데 없었다. 육사 출신 신임 소위를 신기한 듯 바라보는 장병들의 눈초리 또한 예사롭지 않았다.

나는 부대 생활에 빨리 적응하려고 장교들과 못 피운 담배도 빨아댔고, 사병들의 내무반도 드나들며 얘기도 나누었다. 새로 시집온 사람처럼 겉으로는 태연한 척했지만 내심은 많이 긴장되고 신경이 쓰였다고 할까.

병사들 교육과 훈련에도 적극적으로 참여했다. 이따금 사령관님의 특별 지시로 인접 부대에 같이 온 동기와 함께 영내 군기 순찰도 했고, 별도로 편성된 5분대기조 소대장을 맡으며 학교 위상을 세우려고 최선을 다했다. 일과 후에는 부대가 도회지 인근에 있는 덕으로 시내 외출도 자유로웠다. 나는 독신자 장교 숙소에서 생활하며 차분히 붓글씨를 쓰기도 했다. 한동안 정상적으로 출퇴근하는 직장 생활 같아서 다가오는 군 생활도 순탄하리라 생각되었다.

그도 잠깐, 일 년쯤 지나 부대가 전방으로 이동했다. 진지를 새로 구축하면서 나는 대대 작전 보좌관이란 직책을 맡았다. 햇볕도 들어오지 않는 벙커에서 종일 전등을 켜며 생활해야 했다. 상급 부대 계획에 의거, 정기적으로 경연대회와 훈련을 하면서 부대별로 평가를 받고 순위가 매겨졌다. 그 결과에 따라 부대는 희비가 엇갈렸고, 우리는 강도 높은 훈련으로 고달프고 긴장된 나날이었다. 그러나 일과 후에는 이따금 가까운 읍내에 나가 목욕도 하고 시원한 맥주와 통닭을 즐기기도 했다. 그 맛이 어찌나 좋았던지, 지금도 잊지 못한다. 2년 남짓 벙커 생활이 지겨워지면서, 나는 교육을 신청하여 그 부대를 떠나고 말았다. 세상 물정 모르는 초급 장교는 철모른 어린이처럼 그곳 첫발이 평탄한지 험악한지 어찌 알 수 있었겠는가.

몇 개월간의 교육을 마치고 두 번째 배치된 부대는 강원도 최전방 깊은 산골이었다. 서울에서 버스를 타고 사령부에 가는 데도 아슬아슬한 고개를 몇 개나 넘었고, 내가 근무할 부대는 버스도 다니지 않은 첩첩산중이었다. 앞을 봐도 산이요 뒤를 봐도 산이요, 하늘만 빠끔히 보이는 적막강산이었다. 석양이면 높은 산 그림자로 일찍 어두워졌고, 밤하늘 별들은 유난히도 초롱초롱했다. 외출은 생각지도 못하고 산들의 숨소리만 들어야 했다. 훈기 있는 이전 근무지와는 천양지차였다.

대위로 진급하고 얼마 후 포대장을 맡았다. 푸른 견장을 단 지휘관은 부대 임무 수행과 장병들의 안전에 신경 쓰느라 한참 동안 외부와 연락도 끊고 국방에만 전념했다. 전형적인 야전 군인으로서 강원도 전방 골짜기의 진미를 맛보았다고 할까.

얼마 후 숨이 트일 무렵, 마침 공직 사회로 전직할 기회가 왔다. 고심을 거듭하다 신청서를 냈다. 앞으로 군 생활이 크게 달라질 것 같지 않았고, 사회에 나가서도 애국할 수 있을 것 같았다. 탄탄대로 같은 군인의 길이 하루아침에 끊겼고, 다시 낯선 길을 걸어야 했다.

고등학교 졸업 후 세상 물정 모르고 들어간 육사. 국가와 민족을 위한 참 군인이 되겠다고 온갖 고난 견뎌내며 장교가 되었는데, 겨우 대위로 군생활이 끝났다.

어찌 아쉬움이 없었겠는가. 이제 와 뒤돌아보니 군대에서 첫발이 중요했다. 첫발을 어디서 어떻게 내딛는가에 따라 앞길이 크게 좌우된 것 같았다. 내가 평탄한 곳에 첫발을 내디뎠기에 군생활을 끝까지 하지 못한 게 아니었을까. 부드러운 첫발이었는데 점점 어려워진 것 같았다. 험한 골짜기에서 첫발을 내디뎠더라면 군인의 길을 계속 걸었을지 모른다는 생각이 들었다.

고달플지라도 첫발은 좀 힘이 들고 어려워야 했다. 첫발이 힘겹다면 처음부터 긴장하며 단단한 마음을 가지지 않겠는가. 내가 어려운 육사를 졸업할 수 있었던 것도 기초 군사훈련이 힘들었고 일학년 생활도 고달팠기 때문이었다. 또한 내가 지금까지 삶의 고비를 견뎌 온 것도 고달픈 어린 시절을 보냈기 때문이리라.

운명일지도 모른 첫발, 어떻게 받아들일까가 중요하리라. 젊음이 넘쳤던 그 시절, 아쉬운 일들로 고개가 숙어진다.

(2018.)

2

익어가기

넋을 잃다

궁금해서 견딜 수가 없다. 갈피를 못 잡아 일이 손에 잡히지 않는다. 그동안 얼마나 컸을까. 얼마나 목이 마를까. 병충해나 잡초로 괴로움을 당하고 있지는 않을까. 나를 기다리고 있을 작물로 몸이 달아오른다.

서둘러 집을 나선다. 자동차로 한 시간 남짓 거리, 한시라도 빨리 달려가고 싶은데 신호등은 왜 이리 많은지. 속도를 더 내고 싶어도 최근에 받은 다섯 장의 과속위반 통보가 아른거린다. 배고파 울고 있는 젖먹이에게 빨리 달려가지 못한 엄마의 심정이다.

일주일 만에 도착한 삶의 현장. 신발도 바꿔 신지 않은 채 밭뙈기를 돌아본다. 그새 많이도 자라고 싱싱해졌구나. 벌써 꽃도 피우고 열매도 맺다니…. 잡풀은 자기 세상을 만난 듯 제멋대로 춤을 추고 있다.

심은 지 보름 된 고구마 모종, 땅 맛을 알았는지 활개를 펴기 시작한다. 뿌리도 없는 줄기를 잘라 땅에 심어 놓고 얼마나 살기를 바랐는가. 살 것 같더니 까닭 모르게 말라가면 또 얼마나 안타까운지. 살기만 하면 비료나 농약이 없어도 잘 자라는 고구마. 어서 줄기를 뻗어다오. 줄기가 무성하다고 알차게 밑든 건 아니지만 힘차게 뻗어나간 모습을 보면 나도 생기가 돋는다.

모종한 지 이십여 일이 지난 땅콩이 벌써 노란 꽃을 피우고 있었다. 땅바닥에 깔려 핀 꽃은 아름답기도 하다. 줄기 사이로 파고든 억센 잡초를 호미 끝으로 뽑아주니 앓던 이를 뽑는 것처럼 시원하리라. 오지 않는 주인을 원망도 했겠지. 밝아진 네 모습에 내 속이 후련해진다.

무성한 참외 넝쿨이 여기저기서 순(筍)을 내민다. 참외는 순을 잘 쳐줘야 한다. 원줄기의 순을 쳐 주고, 두 번째 줄기도 순을 쳐 주면 세 번째 '손자 줄기'에서 암꽃이 피어 참외가 열린다. 밭 가운데 노란 참외가 펼쳐지면 세상 부러울 게 없다. 참외 한입 베어 물고 하늘 한 번 쳐다보리라.

어렵지만 포기할 수 없는 고추, 키가 많이 자랐어도 세워 준 지지대에 잘도 버티고 있구나. 고추만큼 까다로운 작물은 없다. 탐스러운 고추가 주렁주렁 달려도 농약을 치지 않으면 익기도 전에 벌레가 먹고 썩어 버린다. 빨간 고추 하나 따기가 얼마나 어려운지. 식탁에 올라온 풋고추를 보면 주렁주렁 달린 고추와 이마에 맺힌 땀이 오버랩(overlap)된다.

칠팔십 평 남짓 밭뙈기에 펼쳐진 열다섯 가지 작물들. 가꾸기가 쉽지 않다. 밭갈이부터 작물에 맞는 퇴비와 농약을 뿌려 주어야 한다. 제때 순치기나 가지치기도 하고 지지대도 세워 주고 비료나 농약을 주어야 한다. 물은 적당히 주고 잡초와 전쟁도 치러야 한다. 작물마다 때를 맞추려니 몸이 고달파도 쉴 새가 없다.

처음에는 작물에 물을 많이 주면 좋은 줄 알았다. 그러나 밭작물은 물을 너무 많이 주어도 너무 적게 주어도 안 되었다. 튼튼한 뿌리를 위해 물을 적게 주기도 하고, 왕성한 성장을 위해 밭고랑에 물을 채워주기도 했다. 영농 5년째야 터득한 지혜. 농사는 지을수록 알송달송 어려워진다.

때론 이렇게 힘들고 바쁜 농사를 왜 짓는 것일까 자문해 본다. 사서 먹는 것보다 훨씬 비싸다. 키운 맛은 있지만, 특별히 별미로 짓는 것도 아니다. 완전 무공해도 어렵다. 생계를 위한 것은 더더욱 아니다.

그런데 왜 나는 이렇듯 어려운 일을 감내하는 것일까. 집에 있으면 동네 하천 변을 자주 걷는다. 요즘 강아지를 데리고 다니는 사람들이 많다. 두세 마리를 데리고 다니는 이도 있고 송아지만 한 개를 데리고 나온 이도 있다. 강아지가 다리 아플까 봐 안고 다니는 사람도 있다. 어여쁜 강아지도 있지만, 색깔이나 모양이 이상하여 보기에 민망한 강아지도 있다. 전에는 사람보다 더 사랑하는 것 같아 그런 그들이 이해되지 않았다. 그런데 언제부턴가 생각이 달라졌다. 작물을 가꾼 이후가 아니었을까. 강아지가 자라면서 주인을 따르고 응석을 부리는 모습이 얼마나 귀엽겠는가. 한결같은 강아지의 애교에 당할 자 누가 있으랴.

작물도 마찬가지다. 다정한 손길을 주면 산들바람에 맞춰 춤을 춘다. 왜 이제 왔느냐고 응석도 부리고 좋은 환경에선 한결같은 충성으로 결실을 맺는다. 뿌린 씨앗에서 싹이 트고 쑥쑥 자라면서 춤추고 응석 부리는 모습에 생기와 기쁨이 샘솟는다. 조용한 모습에는 평온해진다. 때론 힘들게 키운 작물이 병충해로 죽거나 못쓰게 될 때 어찌 속상하지 않겠는가. 그러나 한줄기의 비나 한 바가지 물에 말라죽을 것 같은 작물이 싱그럽게 살아나는 걸 보면 희열을 느낀다. 힘들고 실망스러운 일들이 일시에 사라진다. 정성을 쏟은 만큼 보답하는 작물, 그 속에서 보람과 행복을 맛본다.

하물며 자식을 키우는 건 어떠하겠는가. 하루가 다르게 자라면서 빵긋빵긋 웃고 종알종알 말을 하고 종종걸음치며 따라다니는 그 모습. 천사같이 자라는 아이가 얼마나 아름다울까.

처음에는 작물 몇 개 심어 놓고 조용히 휴식이나 취하려 했다. 그런데 나도 모르게 작물에 빠져들어 뙤약볕 아래서 땀을 닦고 있다. 천사처럼 춤추는 작물에 넋을 잃고 있다.

(2017.)

고구마를 캐며

파란 가을 하늘 아래서 고구마를 캔다. 호미로 땅을 파고 줄기를 당기면 불그스레한 고구마가 튀어나온다. 오지다. 땅속에서 고구마를 캐는 것은 미지의 세계에서 보물을 캐는 것처럼 설레고 기대되는 일이다. 고구마가 나타날 때마다 흐뭇하고 기쁘다. 로또 복권에라도 당첨된 기분이다. 줄기 모종을 심은 지 5개월 만에 고구마의 훈훈함과 보람을 맛본다.

고구마는 줄기 모종을 땅에다 심는 농사여서 살리기가 어렵다. 뿌리도 없는 줄기를 뚝 잘라 심으니 착근하기가 쉽지 않다. 그래서 모종을 심는 시기와 방법이 다양하다. 이곳에서는 오월 중하순에 비 오기 전날이나 아침저녁 서늘할 때 심는다.

심는 방법도 삽날이 없는 삽자루를 이용하거나 끝이 뾰쪽한 쇠막대로 심거나 호미로 심기도 한다. 물도 줄기를 심기 전에 주느냐 후에 주느냐는 사람마다 다르다. 심은 후에는 흙을 잘 다져 주어야 한다. 고구마 농사를 지어본 사람들은 자신만의 노하우로 매년 심는다. 나 역시 몇 년째 심고 있지만, 고구마 모종을 심을 때는 항상 긴장되고, 심어 놓으면 몇 날 동안 생사를 관찰하며 가슴을 조인다. 한 번 심어 놓으면 시위 떠난 화살처럼 어찌할 도리가 없고, 고구마 스스로 살아나야 한다.

줄기 모종을 심고 나면 처음에는 시들시들하다가 며칠 있으면 생기가 난다. 간혹 살았다가 죽기도 하지만, 일단 살기만 하면 스스로 왕성하게 뻗어나간다. 활기찬 생명력이 살아난 후에는 특별히 손댈 게 없다. 잡초나 지지대나 가지치기나 비료나 농약도 필요 없다. 도움을 받거나 비타민 같은 보조제가 없어도 심어진 곳에서 운명처럼 잘 자란다. 주어진 환경을 탓하지 않고 낮은 자세로 소박하게 잘 뻗어나간다. 깊은 산골에서 속으로 삼키며 말없이 살아가는 산골 여인 같다고 할까.

고구마는 뿌리가 밑들기 전에 먼저 잎줄기로 헌신한다. 길게 뻗은 줄기에서 잎줄기를 따서 다듬어 요리한 찬은 담백하고 구수하다. 처음에는 시골에서 먹었던 것처럼 잎줄기를 데쳐서 껍질을 벗기고 나물로 먹는데 씹을수록 구수하고 고소하다. 영양소도 풍부하단다. 봄여름 들나물인 상추나 오이가 떨어질 무렵 대신했다. 그런데 이에 더한 고구마줄기 요리가 있었다. 고구마 잎줄기로 담근 김치는 아삭아삭 씹히는 소리와 맛이 색다르다. 씹으면서 소리를 듣고 있으면 시골에서 대나무 잎들이 부딪치며 내는 소리 같기도 하다. 정겹고 신기하여 젓가락을 놓지 못한다. 고구마는 뿌리는 물론 잎줄기로도 보시하는 작물이다.

캐 놓은 고구마는 생김새가 제멋대로이다. 모양이 둥글지도 않고 겉이 매끄럽지도 않다. 고된 삶에 찌든 노인의 손등 같다고 할까. 색깔은 새색시 볼처럼 불그스레 곱지만, 내가 캐낸 것은 토양 탓인지 희끄무레한 것도 상당수다. 소박한 시골처럼 오랜 세월 흙과 같이 어울리며 얻은 값진 색깔이다. 깨끗이 씻어 솥에 안쳐 찌면 호박처럼 속이 노랗고 양갱이처럼 달콤하고 부드럽다. 그 맑은 색과 감칠맛에 내가 절로 녹는다. 고구마는 겉보다는 속으로 사람을 훈훈하게 해주는 먹거리이다.

나의 남쪽 고향에는 황토 고구마가 유명하다. 붉은 땅속에서 뜨거운 햇볕으로 달구어 자란 고구마는 어찌나 달고 맛이 있는지. 지금은 겉이 불그스레한 고구마가 많지만, 옛날에는 하얀 물고구마였다. 까만 가마솥에 푹 삶으면 몸체가 말랑말랑해진다. 물고구마 한쪽에 구멍을 내어 빨면 단물이 입안에 가득하다. 지금도 생각하면 군침이 돈다. 어린 시절 밥보다 더 좋아한 정겨운 고구마였다.

시골에서 겨울이면 방에 대발을 엮어 저장해 둔 고구마를 꺼내어 쪄서 소쿠리에 담아 내놓는다. 고구마 찌는 날은 훈훈한 냄새가 집안에 가득했다. 마루에나 안방 윗목에는 으레 삶은 고구마를 담은 바구니가 있었다. 동네 사람들이 집에 놀러 오면 고구마

소쿠리부터 내놓는다. 시원한 동치미와 같이 먹으며 이웃들과 따뜻한 정을 나누었다. 고구마는 사람들과 따뜻한 정과 인심을 나누게 했다. 아울러 고구마는 탄수화물과 단백질과 비타민이 풍부하고 식이섬유 물질이 많아 노화 방지와 항암 작용과 고혈압에도 좋다고 한다. 좋은 게 너무 많은 고구마이다.

고구마는 일단 살기만 하면 자라면서 누구의 도움도 받지 않고 혼자서 잘 자라는 무공해 식품이요, 모양과 겉이 하나도 꾸밈없는 자연스럽고 소박한 모습이다. 맛도 좋고 영양소도 풍부하여 우리에게 이롭기만 하다. 뿌리와 줄기 버릴 것이 없어 전신으로 보시(布施)하고 있으니, 어느 누가 싫어하겠는가. 보기만 해도 소박하고 훈훈한 정이 절로 흐른다.

고구마 속에는 뜨거운 열기가 담겨있다. 여름날의 뜨거운 열기를 땅속에 저장했다가 사람들의 마음을 포근히 녹인다. 각박한 생활 속 사람들이나 정이 그리운 사람들은 정겨운 고구마를 먹으면 마음이 따뜻해지고 훈훈해질 것이다.

겨울이면 나는 고구마를 많이 먹는다. 고구마 품성을 닮아가고 싶어서.

(2015.)

알면 알수록

호미로 땅을 내리친다. 호미 끝이 박히지 못하고 튕기어 나온다. 더 세게 몇 차례 후려쳐서 간신히 흙을 파헤친다. 주렁주렁 달려야 할 고구마는 어디로 갔단 말인가. 한두 개씩 내민 얼굴로 명맥만 유지하고 있으니, 한숨이 절로 나온다.

작물을 가꾼 지 4년째, 농사일이 조금씩 보이는 듯했다. 고구마처럼 쉬운 농사는 없었다. 줄기 모종을 심어 놓고 뿌리만 내리면 더는 손볼 게 없었다. 비료나 농약도 필요 없고 지지대나 가지치기도 필요 없었다. 두둑에 비닐 멀칭을 했기에 풀도 자라지 않고, 장마나 태풍에도 끄떡 없는 게 고구마 농사다. 저 혼자 줄기를 뻗고 알아서 저축까지 하고 있으니, 세상에 이런 효자가 어디 있으랴.

그래도 욕심이 생겼다. 둘째 해에는 밭에 굼벵이 약도 뿌리고, 전해보다 일찍 심었다. 그런데 늦서리가 내려 심은 모종이 몽땅 죽어 버렸다. 그다음 해에는 퇴비로 밑거름을 했더니, 잎줄기만 무성하고 고구마는 잘 달리지 않았다. 그래도 포기하지 않고 올해는 밑거름으로 고구마 전용 비료를 주었고, 가뭄 때에는 밭고랑에 물을 채워주었다. 싱싱하게 자란 잎줄기를 보며 이번에는 올망졸망하게 달릴 거라 찰떡같이 믿고 있었다. 그런데 고구마는 자기 본분을 망각하고 겉만 번지르르한 것이다. 잡힐 듯 잡힐 듯 잡히지 않는 고추잠자리 같다고 할까.

가뭄 때 고랑에 물을 채워주면 메마른 흙이 부드럽고 촉촉해질 줄 알았다. 그런데 흙이 더 단단해져서 고구마가 달리기 어려워졌다. 물 빠진 논에 햇볕이 내리쬐면 논바닥이 쩍쩍 갈라지고 땅이 더 굳어지는 현상과 같은 게 아닐까. 밭작물은 물이 너무 적어도 안 되지만, 너무 많아도 안 되었다. 고구마는 땅에 습기가 많으면 구근(球根)이 잘 형성되지 않는다고 한다. 누운 소 타기처럼 쉬운 줄 알았던 고구마 농사가 알면 알수록 어려워진다.

알면 알수록 어려운 것이 어디 고구마 농사뿐이겠는가. 나에게 건설 공사도 마찬가지였다. 공직에 있는 동안 지하철과 도로, 교량, 하천 같은 건설 공사를 많이 맡았다. 처음에는 공사를 계약만 하면 건설회사가 공장에서 물건 찍어내듯 알아서 척척 해 주는 줄 알았다. 그러나 건설 공사는 단순 인력부터 고급기술자까지 다양한 사람들이 한시적으로 모여서 하는 작업이었다. 공사 현장 분위기는 항상 어수선했고, 관리가 조금만 소홀하면 품질과 안전을 담보하기 어려웠다. 조금만 방심하면 자칫 대형 사고로 이어지는 위험천만한 곳이 건설 현장이었다. 그래서 늘 불안이 도사리고 있었다.

나는 어떻게 해야 안전하게 공사관리를 잘 할 수 있을지 깊이 고민하였다. 우선 무엇보다 나 자신이 잘 알아야 했다. 건설에 대하여 전문 지식을 갖추려 공부하여 기술사 자격증도 취득했고, 현장을 자주 순찰하며 점검했다. 그리고 현장 관계자들은 지시 5%, 확인 95%를 생활화하도록 했다. 확인을 거듭해도 난해하고 위험한 작업을 할 때는 노심초사하여서 잠이 오지 않았다. 다행히 맡은 건설 공사를 대과 없이 마칠 수 있었으니 얼마나 감사한 일인가. 함께 한 모두가 세심히 점검하고 땀 흘리며 정성을 다한 성과이리라.

우리의 삶도 젊은 시절에는 열심히 하면 되겠지 생각하지만, 나이가 들면서 알면 알수록 복잡하고 녹록지 않다는 것을 알 수 있다. '하룻강아지 범 무서운 줄 모른 때'가 차라리 마음 편할지 모른다. 어떤 예술이나 스포츠도 밖에서 보기에는 쉬운 것 같지만 한 걸음 안으로 들어서면 쉬운 게 하나도 없다. 겉만 보고 즐기는 게 오히려 아름답고 행복할 때가 있다. 그러나 늘 그럴 수는 없는 일, 알수록 어렵더라도 한 단계 올라서려면 어떻게든 어려운 과정을 헤쳐나가야 한다. 그렇지 않으면 그 자리에 주저앉고 만다.

어떤 일을 할 때 노력해도 앞으로 나아가지 않는다면, 그 본질을 충분히 파악하지 못했거나 때가 되지 않아 익지 않은 경우일 것이다. 그것에 대한 깊은 의미를 모르고 있거나 완전히 숙지하지 못한 것이다. 나의 고구마 농사가 별 진전 없이 시행착오를 하는 것도 고구마의 특성과 재배 방법, 토질과의 관계에 대하여 지식이 부족하기 때문이었으리라. 고구마 농사는 한 번 심어 놓으면 땅속 사정을 알 수도 없고 손을 쓸 수도 없기에, 더 어려운 농사일 것이다. 그럴수록 본질적인 것을 더 알아야 했다.

알면 알수록 어려운 고구마 농사, 이제 모종을 심을 때 토질, 배수, 품종 선정부터 충분하게 사전 지식을 익힌 후에 심고, 또 정성을 쏟을 것이다. 그리고 기다릴 것이다. '진인사대천명'이다. 잎줄기가 무성하든지 빈약하든지 그냥 바라보며 즐길 것이다. 저도 지각이 있으면 주인의 마음을 헤아리지 않겠는가.

(2016.)

두 집 살림

아파트를 나와 휴가를 떠난다. 호텔같이 편리한 아파트이건만 구속받고 감시받는 느낌이 들어 답답하고 편치 못하다. 조용하지 못해 일에도 집중되지 않는다. 대궐 같은 아파트가 왜 이리 불편한 것일까.

때가 되면 정확히 식사해야 한다. 식사하라는 호출에 조금만 늦으면 국이 식는다고 한 소리 듣는다. 조금 일찍 식탁에 나앉으면 준비도 안 되었는데 나와 불안 조성한다고 또 한마디 듣는다. 하던 일 멈추고 성의를 다하는데도 이래저래 당하기만 하니 어찌 살맛이 나겠는가.

시도 때도 없이 짖어대는 거실의 텔레비전 소리에 견딜 수가 없다. 운동하거나 농작물을 손질할 때는 그래도 이해가 간다. 종일 떠들어대는 그놈의 뉴스는 지겹지도 않은지. 온종일 텔레비전을 켜놓고 식구처럼 지내셨던 시어머니를 닮아가는 것일까. 방문을 닫고 귀마개를 해도 소용이 없다. 문을 열어야 하는 여름에는 더하다. 집에서 텔레비전 소리를 안 들리게 하는 방법은 없는 것인가. 귀도 휴식이 필요하다고 하면 텔레비전은 내 친구라며 되레 큰소리다. 하느님은 인간에게 왜 귀덮개를 만들어 놓지 않으셨는지.

책을 보고 글을 쓴다고 방에만 있는 나에게 종종 어디를 다녀오라, 무엇을 사 오라 한다. 쓰레기도 버리고 청소도 하란다. 가정의 평화를 위해 고분고분하다 보면 한두 시간이 훌쩍 지나가고, 하루가 더 빨리 달아난다. 집에서 직장 생활을 하는 것 같다.

백수 주제에 그도 과분한 줄 알지만, 가슴이 터질 것 같으면 나도 모르게 집을 나선다. 한 시간쯤 달리면 먼 산과 들판이 활짝 펼쳐진 별천지에 다다른다. 보고만 있어도 가슴이 트이는 해방천국이 아닌가. 밥을 먹든 죽을 먹든 감시나 간섭이 없어 좋다. 잔소리나 심부름도 없을 테니 마음이 편안하다. 조용하고 아늑하여 세상이 평화롭다. 먼 산과 널따란 들판을 바라보며 자연을 벗 삼아 묵언 수행하리라.

먼저 밭뙈기를 둘러본다. 며칠 사이에 훌쩍 커 버린 작물들이 여기저기서 손을 내밀고 있다. 옷을 갈아입고, 목마른 그들에게 물부터 부어 준다. 잡초를 뽑아주고 지지대를 세워 주고 약도 뿌려 주니, 작물은 춤을 추며 우리 주인 최고라고 부추기고 있다. 아이마다 돌봄이 다르듯이 작물도 종류별로 달리 손을 봐야 한다. 줄기를 뻗고 꽃이 피고 열매를 맺는 걸 보면 보람과 생기를 얻는다. 작물을 바라보며 아내가 정성껏 싸 준 찬으로 밥을 먹으니, 낙이 그 속에 있다(樂亦在其中).

6평의 컨테이너 하우스. 별장은 작고 빈약하다. 날씨가 좋으면 저택 같은 기분이 들지만, 비가 오거나 추울 때는 냉정한 여인처럼 차갑고 쌀쌀맞다. 바람이 불 때는 창문이 덜컹거리고 불안하다. 평온한 밤에는 바다 위에 떠 있는 외딴 섬처럼 적막하고, 종일 있어도 말 한마디 않고 지날 때가 있다. 그러나 마음은 더없이 평온하다. 하룻밤 지나면 불편한 것들이 친숙해지고, 아침에는 참새와 까치들이 창밖 가까이 와서 인사를 한다. 자연 속으로 한층 더 다가선 느낌이 든다.

그도 잠시 아쉬운 2박 3일 휴가가 끝난다. 떠나는 주인을 보고 작물은 몸을 흔들며 아쉬워하고 별장은 말없이 울상을 짓고 있다. 나도 젖먹이 애를 떼어 놓는 것처럼 몇 번이나 뒤돌아보며 애석해한다. 이별은 아픈 일이다. 차에 오르니 모차르트의 피아노 소나타가 가슴을 두드리며 마음을 달래 준다.

한강 변을 달리며 휴가를 정리한다. 천둥과 바람에도 끄떡없는 아파트를 두고 초라한 농막에서 왜 그리 행복을 느끼는 것일까. 멀쩡한 가정 두고 청승맞게 혼자 작물을 가꾸며 왜 그리 편안해할까. 복잡한 도시를 벗어나 한적한 시골에서 자연의 정취를 맛보기 때문이요, 작물을 가꾸며 자유로운 고요 속에서 사색할 수 있기 때문이라 생각했다. 그러나 그게 전부는 아니었다. 무엇보다 이것저것 챙겨 주는 아내와 든든한 아파트가 있기에 가능한 일이었다. 아내와 아파트가 없다면 아무리 드넓은 벌판이 있다 한들 지금처럼 편안함을 느낄 수 있겠는가. 말 없는 작물과 텅 빈 별장은 나를 더욱 쓸쓸하고 차갑게 만들 것이다.

고등학교 시절부터 나는 줄곧 타지에 살며 고향을 그리워했다. 어린 시절의 추억과 정이 서려 있는 고향, 언제나 가고 싶고 보고픈 곳이었다. 그런 고향이 지금은 어떠한가. 지난해 어머니가 떠나시자, 그토록 가고 싶고 그립던 고향이 얼마나 쓸쓸하고 허전하게 여겨지는지. 외국을 여행할 때도 마찬가지일 것이다. 설레는 해외여행도 빛나는 조국이 있어야 진정 즐거운 것이지, 나라가 빈곤하고 불안정하다면 아무리 아름다운 이색 풍경을 만나더라도 그리 행복하게 느껴질 수 있겠는가.

집과 별장을 오가는 두 집 살림이 한 군데 정착하지 못한 이중생활이라 할지 모른다. 그러나 서로가 숨통이 트이고 소중함을 느끼게 하는 두 집 살림이라면 괜찮은 게 아닐까. 두 집을 오랫동안 오가려면 내가 어떻게 해야 하는지 뻔한 일이다. 즐거운 해외여행을 오래 하려면 우리가 무엇을 해야 하는지 훤히 알고 있는 것처럼.

어느새 아파트에 도착했다. 궁궐 같은 저택에서 넘치는 관심과 텔레비전 소리는 계속될 것이다. 다시 그 속으로 들어가 그것도 낙(樂)인 양 삭혀 보리라.

(2021.)

빨간 깃발

바닷가에서 바라본 석양은 볼수록 장관이다. 붉게 물든 하늘의 저녁놀과 길게 반사된 물 위의 빛줄기가 어우러져 하루를 황홀하게 끝맺음한다. 멋지게 마무리하는 태양이 한층 숭고하게 보인다. 날마다 일어나는 일몰이 요즈음 왜 그리 아름답게 느껴지는 것일까.

직장 생활 40여 년, 마지막에 작은 회사의 대표이사가 되었다. 소꼬리나 몸통에서 닭 머리가 된 셈이다. 농담 반 진담 반 부르던 사장을 실제 맡았으니 얼마나 커다란 영광인가. 취임 후 회사를 안정적이고 효율적으로 운영하고, 직원들을 업무보다는 인간적으로 대하려 했다. 화기애애한 분위기에서 마지막 직장을 많이 베풀며 마무리하고 싶었다. 그동안 직장 생활과는 달리 함께 즐겁게 어울리다보니 눈 깜짝할 사이에 3년이 되어갔다. 정해진 기간은 더 빨리 흐른 것 같았다.

3개월 있으면 3년이 되는 어느 날, 한 주주 회사에서 나의 후임 사장을 선임했다는 얘기가 들렸다. 당시 우리 회사는 새로운 주주 회사를 정하고 재무 구조도 개편하는 작업이 진행 중이었다. 3개월만 있으면 새 주주 회사에서 새로운 사장이 선임될 예정이었다. 그런데 3개월 남겨놓고 사장을 교체한다는 것은 업무의 연속성이나 시기적으로 적절치 않은 것 같았다. 그런데도 교체하려는 이면에는 내가 임기 3년을 다 채우면 과도한 혜택이 부여된다는 일부 의견 때문이라니, 씁쓸하지 않을 수 없었다. 조금 아쉬운 생각이 들었지만 잘못 얘기했다간 내가 자리를 고수하려는 의도로 비칠까 봐 조심스러웠다.

그동안 다른 사람이 자리나 직책을 내놓지 않으려고 애를 쓰면 할 만큼 했으면 되었지 무슨 욕심이 그리 많으냐고 혀를 차며 못마땅히 여겼었다. 남의 아들이 군대에 가면 누구나 가는 곳인데 무슨 걱정을 그리하느냐고 핀잔주던 사람이 자기 자식이 군대에 가면 이것저것 물으며 안절부절못한 것과 같다고 할까. 남의 일은 냉철하게 판단하며 이런저런 얘기를 했는데 막상 내가 닥쳐보니 조금은 달라졌다. 무엇보다 3개월 후 새 주주 회사가 선임한 사장에게 회사를 안정된 상태로 인계하고 싶었다. 수리 중인 자동차를 임시 주인에게 인계해 주는 것 같아 잠이 오지 않았다.

잠자리에서 엎치락뒤치락 잠을 이루지 못하자, 아내가 등 뒤에서 한마디 내뱉는다. “지금까지 했으면 되었지 무얼 더 바라세요.

사장으로 부임할 때 1,2년도 괜찮다고 했는데, 3년 가까이했으면 되지 않았느냐."고 한다. 등짝을 후려치는 그 소리에 정신이 번쩍 들었다. 그래, 잡았던 손을 놓을 때가 무엇보다 중요한 것 같았다.

40년도 훌쩍 지난 생도 시절에 몸서리치며 받았던 유격훈련이 생각났다. 강가에 세워진 십여 미터 높이의 가설물에서 사선으로 길게 설치된 밧줄을 타고 강물 위로 떨어지는 하강 훈련코스였다. 생도들은 높은 가설물에 올라가서 두 손으로 도르래를 잡고 사선의 밧줄을 타고 내려오게 된다. 강물 가까이 내려오면 맞은편에 있던 조교가 빨간 깃발을 내려치며 신호를 보낸다. 이때 훈련생은 두 다리를 모으고 뻗어 직각으로 들면서 잡고 있는 도르래에서 손을 놓아야 한다. 그러면 제비가 물 위에서 물장구를 살짝 치고 오르듯 훈련생 엉덩이가 강물 위로 부드럽게 미끄러지며 떨어지게 된다. 몸이 물속으로 깊이 들어가지 않고 쉽게 강을 빠져나올 수 있었다.

그런데 빨간 깃발 신호를 보고도 무서워 손을 놓지 못하거나 늦게 놓으면, 몸이 물속 깊이 빠져들어 허우적거리다가 물을 몇 번 들이켜면서 힘겹게 빠져나오게 된다. 몇 차례 실수를 거듭하고서야 부드럽게 물을 치고 하강할 수 있었다. 이는 넓은 강을 쉽게 건너는 훈련이었는데, 나는 잡는 손을 제때 놓아야 한다는 좋은 예라고 생각되어, 종종 떠올리곤 했다. 살아가면서 타이밍을 잘 잡아야 하지만, 마지막 내려올 때는 더욱 중요하다는 생각이었다.

후임 사장이 거론되었다는 건 벌써 빨간 깃발 신호가 온 것이다. 마지막에 회사 대표까지 했는데 무얼 더 바란단 말인가. 때가 되면 미련 없이 손을 놓는 것이 아름다운 마무리요, 그나마 쌓은 명예를 지키는 일일 것이다. 3개월 더 있다고 달라질 게 없으리라. 누군가의 묘비처럼 '오늘은 나에게, 내일은 너에게'를 생각하며 잠을 청했다.

손을 놓기로 마음을 정리하니 오히려 차분해지고 한시라도 바삐 떠나고 싶었다. 아쉬웠던 일들이 덤덤해지고 미련도 사라졌다. 후속 절차인 주주 총회와 이임식을 빨리 진행토록 했다. 고마운 마음으로 회사 문을 나서니 한결 홀가분해지고 발걸음도 가벼워졌다.

40년의 직장 생활이 한 편의 드라마처럼 막을 내렸다.

당연한 일이지만 시간이 지날수록 그때 손을 잘 놓았다는 생각이다. 무거운 외투를 벗고 가벼운 마음으로 석양을 관조하니 얼마나 여유롭고 아름다운지. 거대한 태양도 하루를 마치면 지체 없이 사라지고 다음날 아침에는 더 밝게 빛나지 않는가.

(2015.)

잘 만났다고 하려고

아침에 일어나 베란다로 나간다. 며칠 전에 사다 놓은 화초에 물을 주고 있으려니, 아내가 요즈음 왜 그리 물을 열심히 주느냐고 묻는다. 물만 주고 있는 나를 보고 아내는 이상하다고 고개를 갸우뚱한다. 나는 말없이 화초를 살피며 밭작물처럼 정성을 들인다.

작년 봄, 집에서 한 시간 거리에 밭뙈기를 장만하고 처음으로 작물을 심었다. 상추, 오이, 토마토와 고추를 심어 놓고 바쁘다는 핑계로 자주 가지 못했다. 잡초도 뽑지 않고 비료도 농약도 주지 못했다. 처음에는 잘 자랄 것 같더니 점차 풀과 병충해에 시달리며 힘겨워했다. 그나마 몇 개 달린 열매는 익기도 전에 벌레가 파고들어 못 먹게 되었다. 밭에 갈 때마다 빈약한 작물이 어릴 때 나처럼 가꾸지 않으려면 왜 심었느냐며 원망하는 것 같았다.

어린 시절 편모슬하에서 자란 나는 외롭고 쓸쓸했다. 학교에서 돌아오면 텅 빈 집이 허전했다. 대나무 숲을 거닐며 산딸기를 따 먹고 텃밭을 더듬으며 가지와 오이로 허기진 배를 달랬다. 종가인 우리 집에는 가끔 비바람과 강풍이 불어왔다. 외풍을 막아 줄 울타리가 없었기에 어머니 혼자 애를 썼지만 역부족이었다. 어머니는 들판에 우뚝 선 나목처럼 휘청거렸고 우리는 불안에 떨어야 했다. 그럴 때마다 키우고 돌보지 않으려면 왜 낳았느냐고 나는 일찍 가신 아버지를 원망하곤 했다. 우리가 힘들고 어려운 건 아버지가 안 계시기 때문이라 생각했다.

초등학교에 들어가서 남자 선생님들을 만났다. 4학년 때 담임 선생님은 아동 작가이셨는데, 동요나 글짓기를 자주 시켰고 등사기로 복사한 학교 신문도 발행하셨다. 한 번은 외할머니에 관하여 쓴 내 글을 신문에 실어 주셨다. 나는 응모작에나 뽑힌 것처럼 기뻤고 뭔가 할 수 있다는 자신감이 생겼다. 호롱불 밑에서 외할머니와 어머니에게 내 글을 읽어 드렸더니 눈물을 글썽이며 엉덩이를 얼마나 다독거려 주셨는지.

초등학교 5학년 담임 선생님은 또 나를 많이 귀여워해 주셨고, 학생들 앞에서 칭찬을 자주 하셨다. 어느 봄날에는 애들은 열심히 청소하는데 나를 학교 뒤 잔디에 불러 앉혀놓고 이것저것 물어보고 얘기를 들려주셨다. 선생님과 처음 단둘이 앉아 부끄러워 대답도 잘 못 했던 모습이 60년이 지난 지금도 생생하다. 아이들은 선생님이 나만 좋아한다고 놀려댔지만, 나는 선생님의 사랑과 관심으로 기가 살아났다.

중학교 때 선생님 한 분도 나를 유난히 귀여워해 주셨다. 고등학교 1학년 때 담임 선생님은 어려움에 처한 나를 따뜻한 격려로 용기를 북돋아 주셨다. 그 덕에 나는 자신을 얻어 학업에 매진하였고, 다음 학교로 이어질 수 있었다. 집에서 느끼지 못한 아버지의 정을 남자 선생님들에게서 느끼며 자신감을 얻고 기를 펼 수 있었다고 할까.

사람은 어떤 부모 밑에서 자라고 어떤 스승을 만나느냐에 따라 그 사람의 장래나 운명이 달라진다는 것은 주지의 일이다. 나는 한쪽 부모 아래에서 여리고 외로웠지만, 넘치는 선생님의 사랑과 관심으로 나 자신을 찾게 되었다. 그 당시 나는 선생님들을 잘 만났기에 그 시절을 무난히 보낸 것이다.

직장에서도 좋은 상관을 많이 만났다. 큰형처럼 다정하고 나를 인정해 주신 분, 격려와 용기를 주신 분, 평생 롤 모델이 되신 분도 만났다. 좋은 상사를 만났기에 직장 생활도 무사히 마칠 수 있었으리라.

그런데 어찌 좋은 분만 있었겠는가. 편견과 색안경을 끼고 나를 힘들게 하고 지치게 한 분들도 있었다. 열성을 다해도 인정해 주지 않았고 기회도 주지 않았다. 어찌나 실망스럽고 야속했는지. 뒤돌아보면 이도 반면교사였다. 내가 분발하고 강건해지는데 일조했으니까. 이분들도 좋은 만남이라고 할 수는 없지만 내 삶에 도움이 되었으리라.

그런데 나를 잘 만났다고 생각하는 사람은 과연 몇이나 될까. 너그럽지도 않고 베푸는 삶을 살지 못했기에 어찌 기대할 수 있겠는가. 더구나 직장 상사는, 부부 사이의 아내처럼 즐거운 것보다는 좋지 않은 기억이 더 남는 법이다. 열 번의 좋은 얘기보다 한 번의 서운함이 오래 간다. 잘 못 만났다는 얘기나 덜 들었으면 좋으련만, 이제는 돌이킬 수 없는 일이다. 지금이라도 대신할 방법은 없는 것인가.

금년 봄 다시 밭뙈기에 몇 가지 작물을 심었다. 이전과는 달리 수시로 밭에 들러 작물이 필요한 것을 찾고 어린애 돌보듯 살피며 정성을 들였다. 물도 자주, 잡초 제거와 가지치기도 열심히, 지지대도 든든히, 비료와 농약도 적절히 주고, 사랑의 말도 들려주었다. 나를 만난 것도 오랜 인연이라며 성의를 다했더니, 오이와 토마토가 주렁주렁 열렸다. 고추도 풍성하게 달리고 빨갛게 익어 갔다. 얼마나 기쁘던지. 애쓴 농부의 보람이 느껴졌고, 작물도 주인을 잘 만났다고 흐뭇해한 것 같았다.

사람이든 사물이든 깊은 인연으로 만난다. 좋은 인연이란 서로에게 이롭고 만나는 것이 즐겁고, 헤어진 후에도 다시 만나고 싶고 항상 그리운 게 아닐까.

그런데 세속에서 좋은 만남이 지속되기는 쉬운 일이 아니다. 잠깐의 만남이든 긴 만남이든 상대가 나를 만나는 것이 기분 좋고 살맛 난다면 얼마나 좋은 일인가. 그러려면 내가 먼저 사랑을 베풀고 나누어야 하리라.

과연 얼마나 이룰 수 있을까. 이제라도 나를 만나는 사람들로부터 잘 만났다는 소리를 들으며 살고 싶다.

화초에 물을 주고 다시 밭으로 달려간다. 어디 작물뿐이랴.

(2014.)

겨울을 나려면

가을이면 나무들이 단풍으로 물든다. 빨강 노랑 주황 갈색 등으로 몸단장을 한다. 울긋불긋 가을 산은 환갑 잔칫상처럼 화려하고, 샛노란 은행나무는 왕관을 세워 놓는 것같이 눈부시다. 새빨간 단풍나무는 불이 날 것 같아 겁난다. 그토록 푸르고 싱싱하던 나뭇잎에 단풍이 왜 드는 것일까.

최근에 나는 새로운 버릇 하나 생겼다. 주변에서 일어나는 일들에 '왜' 자를 붙여 본다. 단풍은 왜 드는가, 나는 왜 사는가, 수영은 왜 하는가. 심지어는 밥은 왜 먹는가, 커피는 왜 마시는가와 같은 사춘기 시절에나 가질 법한 의문을 다 큰 어른이 되어 해본다. 조금은 멋쩍지만 '왜' 자를 붙이니 무심코 지나쳤던 일들도 뒤돌아보게 하고, 삶의 의미도 음미하게 된다. 그리 나쁘지 않은 것 같다.

단풍이 왜 드는가를 찾아보았다. 단풍은 나무가 겨울을 준비하면서 보여 주는 신비이다. 기온이 내려가면 나무는 뿌리에서 수분과 영양분의 흡수가 줄어들고 가지와 잎으로 가는 것도 줄게 된다. 가지와 잎 사이에 떨켜가 생겨나고, 나뭇잎에는 푸른색을 띠는 엽록소 대신 다른 색소들이 나타나면서 단풍이 물든다고 한다. 안토시아닌이 많으면 붉은색으로 카로티노이드가 많으면 노란색으로 나타난다. 기온이 더 내려가면 수분 흡수를 완전히 멈추고 잎도 떨어진다. 겨울을 대비하여 곱게 물들고 가볍게 비우는 나무가 아름답고 고상하게 여겨졌다.

사람도 나이가 들면 나무처럼 곱게 물들고 가볍게 비울 수 있다면 얼마나 멋있을까. 생각해 보니 사람도 가을이 되면 까맣던 머리가 하얗게 변한다. 만일 하얀 머리 대신 그의 성품이나 행실에 따라 형형색색의 머리로 변한다면 더 아름답지 않을까. 정열적인 사람은 빨간색으로 따뜻하거나 배려심이 많으면 주황색이나 노란색으로 차가운 사람은 파란색으로 나타난다면, 모두 곱게 물들려고 애쓰지 않을까. 그러면서 세상은 더 훈훈해질 것 같기도 하다. 나는 무슨 색으로 변하게 될까. 빨간색은 어림없을 것이요, 있는 둥 마는 둥 눈에 띄지 않는 희미한 색이 아닐는지. 과한 욕심일지라도 주황색이나 노란색이면 좋으련만 가능한 일인지 뒤돌아본다. 지금처럼 산다면 곱게 물들기란 턱도 없을 것 같다.

지난가을 유명 수필지 기념식장에서 글로만 뵙던 스님이 다포에 쓴 휘호 한 점을 주셨다. '都放下'라는 큰 글씨와 '고정관념을 모두 놓으라.'라는 작은 글씨가 쓰여 있고, 붉은 낙관이 찍혀 있었다. 훌륭한 스님이 직접 쓰신 글을 받으니 얼마나 기쁘던지, 집에 와서 잘 보이는 책장에 걸어놓고 날마다 바라본다. 방하착(放下着)과 유사한 의미의 글을 스님은 왜 내게 주셨을까. 그날 내가 사회를 보았기에 기념으로 주신 것일까. 아니면 내가 고정관념에 많이 사로잡혀 있을 것 같아서 주신 것일까. 하루에도 몇 번씩 음미하며 어떤 고정관념을 놓아야 하는지 생각해 본다.

겨울 공원에 나와 서 있는 나목(裸木)을 바라보니 간결하고 가벼워 하늘을 날 것 같다. 모든 잎 비우고 줄기와 가지로 앙상하게 서 있는 나무. 비운다는 것은 욕심도 고정관념도 모두 내려놓는다는 것이다. 젊은 시절 꿈을 이루고 채우려고 욕심도 부렸다. 지위와 명예를 가장 소중히 여기며 삶의 전부인 것처럼 매진했다. 지나고 보니 기대만큼 얻지도 이루지도 못했다. 그게 나의 능력이요 한계요 운명이라 생각하니 얼마나 감사하던지. 더 이상 욕심은 필요 없는 것 같았다. 무엇을 더 이루고 가지려는 것도, 어디를 꼭 가야 한다는 것도 과욕이라 생각되었다. 욕심대로 행할 수 없는 일, 놓을 때를 아는 것이 중요하게 여겨졌다. 그러나 비운다는 것이 어찌 그리 쉬운 일인가. 아무리 가볍게 비운다 해도 텅 빈 겨울나무처럼 비워질 수 있겠는가.

공원에는 바싹 마른 나뭇잎이 떨어지지 않고 온통 붙어 있는 나무도 있다. 그 나무는 무언가 놓지 못하고 있는 것 같다. 겨울이 다가오는데 자기 위치를 끝까지 고수하려는 사람, 세상이 변하는데 과거에 얽매여 헤어나지 못하고 있는 사람, 주변을 자기만의 색안경으로 보면서 무조건 한쪽으로 치우치는 사람들이 자기의 관념을 놓지 못하고 꽉 붙잡고 있는 것 같았다. 나에게도 고착되어 있을 아집, 편견, 선입관, 색안경, 이중 잣대 등의 고정관념들을 어떻게 떨쳐버릴까 생각해 본다. 사물의 본질을 바르게 보고 바르게 생각하고, 폭넓은 시각으로 역지사지하려고 눈을 비벼 보고 머리를 마사지하며 꾹꾹 눌러 본다. 두 손을 꼭 쥐고 있는 노인보다 두 팔을 크게 벌려 하늘을 우러르는 겨울나무 같은 어른이 되려고 애써본다. 그리 쉬운 일은 아닐지라도.

비워야 하는데 늘어나는 것도 있다. 자손들이 잘되기를 바라는 욕심, 좋은 글 한 편 쓰고 싶은 욕심, 농작물을 잘 키우고 싶은 욕심. 젊은 날처럼 불같은 욕심은 아닐지라도 이도 과유불급일 것이다. 겨울이 지나가도 비우지 못할 것 같은데 정녕 어찌하면 좋으랴.

나에게 겨울이 다가오는데 나무처럼 곱게 물들고 가볍게 비우기란 쉽지 않을 것 같다. 앙상한 나무에 '都放下'를 걸어놓고 빈 하늘에 비쳐 보리라.

(2020.)

겨울 추위

아파트 밖을 나오니 코끝이 싸늘하다. 올해 들어 가장 춥다는 영하 10도, 빠른 걸음으로 육교 밑을 가 보았으나 그가 없다. 이 추운 아침에 어디로 갔을까. 지난밤에 갑자기 기온이 내려가자 나는 밤새 그 사람이 걱정되었다.

올봄 언제부턴가 아파트에서 좀 떨어진 육교의 계단 밑에 남루한 옷을 입은 한 사람이 침낭을 뒤집어쓰고 자고 있었다. 그 옆에는 간이 수레와 헌 옷가지와 라면 봉지가 널브러져 있는 것으로 보아 오갈 데 없는 노숙자였다. 어제 낮에 그 옆을 지나는데 날씨가 추워진다는 예보도 모른 채 육교 밑에서 자고 있었다. 지난밤 그가 남 같지 않게 걱정스러운 건 나 또한 지난겨울 추위에 많이 떨어 보았기 때문이다.

시골 중학교를 마치고 도회지로 나와 고등학교에 다닐 때 자취하던 시절 추위는 잊지 못한다. 석유곤로로 밥을 짓고 연탄은 때지 못했다. 아침에 일어나 찬물로 쌀을 씻으려는데 손이 곱아 움직일 수가 없었다. 얼음물의 찬 기운이 몸속으로 퍼져 들었다. 그때 주인집 아주머니가 부어 준 따뜻한 물 한 바가지가 얼마나 따뜻하던지.

도시의 3월은 무척 추웠다. 연탄을 때지 않은 방은 냉골이었다. 저녁을 먹은 후 앉은뱅이책상 밑에 방석을 깔고 겨울옷을 껴입고 솜이불을 뒤집어써도 몸이 떨려 볼펜을 잡을 수 없었다. 먹는 게 부실하니 몸도 마음도 추웠다. 그래도 못 견디겠으면 아령으로 열을 냈다. 그러나 그때뿐, 온몸이 나른해져 졸음이 쏟아졌다. 속이 훤히 들여다보이는 말간 전구는 차가운 방 안을 더욱 싸늘하게 비추었다.

당시 따뜻한 방에서 먹고 자는 학생들이 얼마나 부러웠던지. 고등학생 시절 내내 따듯한 방에서 기거 한 번 못해보고, 책상 앞에 붙여 놓은 푸시킨의 시만 열심히 읊조렸다. “삶이 그대를 속일지라도/ 슬퍼하거나 노하지 마라/ 슬픔의 날을 참고 견디면/ 머지않아 기쁨의 날이 오리니….”

당시 숙식만 따뜻했더라면 마음껏 공부해서 보다 더 큰 꿈을 펼쳤을 텐데.

전방에서 초급 지휘관으로 있던 때는 어떠했는가. 영하 20도를 오르내리는 차가운 겨울에 동계 적응훈련을 하려고 부대를 이끌고 야외숙영을 했다. 야산에서 포진지와 숙영지를 구축하려는데 땅이 꽁꽁 얼어 바위처럼 딴딴했다. 곡괭이질을 하는 부대원들 이마에서 구슬땀이 줄줄 흘러내렸다. 밤이 되어 텐트 속에서 모포를 뒤집어쓰고 누워도 싸늘한 기운이 몸속으로 파고들어 눈만 말똥말똥했다. 밤하늘에 별들이 초롱초롱 내 눈을 더욱 빛나게 만들었다. 자는 둥 마는 둥 아침에 일어나 체조를 지휘하려고 호루라기를 입에 대니 쇠에 입술이 달라붙었다. 다른 쇠붙이도 손을 대면 쩍쩍 달라붙어 혹독한 날씨를 실감 나게 했다. 추위와 싸우며 군에서 마지막 훈련을 무사히 마쳤으나, 그때 얼마나 추웠던지 강산이 네 번이나 바뀐 지금도 당시를 생각하면 온몸이 떨려온다.

젊은 시절 나는 왜 유난히 겨울 추위가 견디기 어려웠을까. 따뜻한 남쪽 지역에서 태어나고 자란 탓일까. 몸에 지방이 부족한 탓일까. 그것보다는 젊은 시절 마음이 추웠기 때문일 것이다. 어린 시절 외풍을 막아 줄 아버지가 일찍이 떠나셨기에, 허허벌판에 서 있는 홀어머니 옆에서 모진 비바람과 북풍한설을 많이 맞았다. 당시 주변의 질시와 모욕 속에서 여름철에도 집안이 써늘했는데, 차가운 겨울에는 얼마나 떨었겠는가.

젊은 시절 냉골 자취방과 전방 훈련은 나에게 유난히 추웠고 견디기 어려웠다. 나에게 커다란 시련이었고 잊히지 않는 고통이었다. 그러나 뒤돌아보니 당시 혹독한 추위는 나를 강건하게 해주었다. 사춘기 청소년 시절에 나태해지려는 나를 옥죄어 긴장의 끈을 놓지 않게 했다. 젊은 시절 추위는 심신을 단련시켜 난관을 극복할 수 있는 인내력을 키워주었다. 그때 겪었던 추위는 내 인생에 커다란 자산이 되었고, 해마다 찾아오는 겨울 추위에도 그때를 회상하면 한결 훈훈하게 느껴진다. 당시 추위를 경험하지 못하고 따뜻한 곳에만 있었더라면, 열대 식물이 추운 지방으로 이식한 것처럼 시들시들 맥을 추지 못했을 것이요, 낯설고 차가운 땅에 뿌리를 내리지 못했을 것이다.

세계적으로 품질 좋은 포도주를 생산하는 프랑스에서는 포도나무를 일부러 척박한 땅에 심는다고 한다. 좋은 땅에 심으면 쉽게 자라 탐스러운 포도가 열리긴 하겠지만, 뿌리를 깊게 내리지 않아 지표면의 오염된 물을 빨아들이게 되어 포도의 질이 떨어진다고 한다. 그러나 척박한 땅에 심으면 더디게 자라지만, 땅속 깊이 뿌리를 내려서 질 좋은 포도를 얻을 수 있다는 것이다. 사람도 좋은 환경에서 자라면 뿌리를 깊게 내리지 못해 인내력이 약하기 쉽지만, 어려운 환경에서 자라면 뿌리를 깊게 내려 강한 내성이 길러질 것이다. 고난과 역경이 강한 사람을 만든다는 것은 만고의 진리가 아닌가.

육교 밑의 그 사람도 한때 청춘의 꿈과 낭만이 있었을 것이다. 이 겨울 추위를 잘 견디어 따뜻한 새봄을 맞았으면 좋겠다.

(2017.)

익어 가기

산들거리는 가을바람 맞으며 들판을 거닌다. 무더운 여름날 그토록 싱싱하던 벼가 어느새 자라서 이삭을 펴고 누렇게 익어 가기 시작한다. 벼는 이제 성장을 멈추고 이삭이 영그는 데 온 정성 다할 것이다. 벼 이삭은 익을수록 고개를 숙이며 풍요로운 열매를 맺을 것이다.

이삭이 알차게 여물려면 무엇보다 여름에 무성해야 한다. 익어 가는 가을에도 넉넉한 햇볕과 살랑거리는 바람을 쏘여야 한다. 익는데 필요한 물도 있어야 하고, 잡초와 병충해는 없어야 한다. 큰 태풍은 비켜나야 한다. 막바지에 당하거나 쓰러지면 일어서기 어렵다. 마지막 익을 때까지 하느님의 보살핌을 받아야 한다. 그런데 익기 시작한 벼는 사람으로 치면 몇 살쯤 되는 것일까. 60대 정도가 되지 않을까. 나의 60대에는 어떠했는지 뒤돌아본다.

젊은 날 그렇게 요원하던 60대가 어느 날 성큼 다가왔다. 제일 먼저 직장이 흔들거렸다. 30여 년 몸담았던 직장에서 못다 핀 봉오리를 붙잡으며 입맛을 다시고 있을 무렵, 다행히 새로운 곳으로 다리가 놓였다. 그동안 흘린 땀으로 새 직장에서 보람을 찾았다. 그러나 그도 잠시 정해진 임기는 접시에 담긴 물처럼 쉬이 바닥이 났다. 다시 이어진 대미에 감사하며 모든 갑옷을 벗으니, 추수를 마친 농부처럼 시원섭섭하였다. 60대 말에 백수의 몸으로 자유를 만끽하게 되었다고 할까.

60대가 되니 체력은 어찌 그리 눈치가 빠른지, 30여 년 즐기던 테니스였는데 어느 날부터 팔이 아프기 시작했다. 젊은 시절에는 하루라도 볼을 못 치면 큰일 날 것처럼 한 의원과 정형외과를 부리나케 다녔으나, 나이 들어 힘든 운동하려고 이곳저곳 다니는 게 겸연쩍은 것 같았다. 쏟은 열정과 쌓은 정이 아쉬웠지만, 테니스를 접기로 했다. 몇십 년 사랑하던 이와 헤어진 것처럼 한동안 무기력하고 살맛이 나지 않았다.

그러나 때가 된 걸 어찌하랴. 하천 변을 걸었다. 혼자서 말없이 걸으니 재미가 없었고 운동이 될 것 같지도 않았다. 그러나 계절 따라 변하는 자연의 신비로움에 조금씩 낙이 생기기 시작했다. 주마간산으로 못 본 것들을 찬찬히 들여다보며 주변과도 친해졌다. 가까운 산들도 걸으니 새로워지고, 바빴던 마음도 걸으니 여유롭기까지 했다.

선호하는 음악이 60대에 바뀌었다. 젊은 날에는 애달프고 감칠맛 나는 트로트가 얼마나 좋았던가. 월요일 밤이면 텔레비전의 가요무대는 놓치지 않는 단골 프로였다. 술 한잔 걸치면 온갖 목청 다해 부르곤 했다. 그러던 내가 새 직장에서 몇 년 동안 클래식을 잔잔히 틀어 놓고 업무를 봤더니 클래식 마니아가 되었다. 클래식은 영혼을 맑게 하고 마음을 안정시켜 주었다. 2, 3백 년 전 작곡가의 고뇌가 연주가의 손길을 통해 음악으로 전해 온다는 게 얼마나 감격스럽던지. 60대가 아니었다면 그토록 깊고 아름다운 음악이 가슴에 와닿을 수 있었을까.

무엇보다도 60대에 나를 크게 변화시킨 건 독서였다. 하루 2시간씩 새 직장으로 출퇴근하는 지하철에서의 독서는 나를 재탄생하게 했다. 그동안 바쁘다며 쌓아 두었던 책들을 하나씩 탐독하며 다양한 생각과 드넓은 세계를 새삼스레 접할 수 있었다. 젊은 시절에 넘친 게 무엇이고 부족한 게 무엇인지 뒤돌아보게 하였고, 내 위주의 시야에서 점차 다른 사람이 보이게 되었다. 나의 생활신조가 '감사·겸손·배려'로 바뀐 것도 이 무렵이었으니, 뒤늦게 철들기 시작했다고 할까.

그런 독서가 글쓰기로 이어졌으니 얼마나 다행인가. 글을 쓰면서 나의 아픔이 치유되었고, 산만한 생각들도 정리되면서 진정한 나를 찾게 되었다. 무작정 지나쳤던 일들에 의미가 부여되었고, 일상을 보는 시각도 예전과 달라졌다. 그러나 늦깎이 글쓰기가 마냥 즐겁기만 하겠는가. 마른 나무에서 기름을 짜내듯 고통과

진통이 따른다. 그래도 즐거운 고통이기에 멈출 수 없다. 잘 쓴다는 보람보다 창작의 기쁨을 맛본다고 할까. 독서와 글쓰기는 60대에 만난 가장 값진 보물이다.

60대라는 삶의 변곡점에서 변화가 많았다. 그러나 어찌 철든 일들만 있었겠는가. 머리가 하얗게 되었는데도 젊은이처럼 꼿꼿이 세우고 겸손하지 못했고, 철없는 행동으로 다른 이에게 상처를 주는 일도 많았으리라. 다른 사람보다는 내 입장을 내세우느라 옹졸하게 굴은 적이 어찌 없었겠는가. 신체보다 정신이 앞서가는 시기가 도래했는데도 체력에 의존하는 행동도 했을 것이다. 실천은 못 하고 만시지탄만 읊조리기도 했다. 익어 가기보다는 익지 않으려고 버티었던 시기였는지도 모른다.

그런 60대가 끝나가고, 내년이면 고희(古稀)가 된다. 벼는 누렇게 익을수록 여물어지고 고개를 숙이는데, 사람은 어떻게 해야 잘 익는다고 할 수 있을까. 사람의 영이 숙성되고 삶이 여물어간다면 잘 익어 가는 것일까. 이제부터라도 나 자신을 더 성찰할 수 있으면 좋겠다. 모두에게 감사하고 겸손하고 배려하며 산다면 무얼 더 바라겠는가. 하느님의 보살핌도 더 많이 필요한 시기이다.

가을 햇살이 따사롭다. 벼가 알차게 영글어서 다가오는 겨울을 풍성하게 보냈으면 좋겠다.

(2018.)

좋은 아파트

어느 화창한 가을날, 몇 년 전에 입주한 아파트 단지에 가 보았다. 건물이 무척 산뜻해졌고 나무들도 몰라보게 울창해졌다. 사람과 자연이 잘 어우러진 쾌적한 주거공간이 되었고, 단지 내 공원에도 산책하는 사람들이 많았다. 그때 지은 아파트가 이렇게 아름답고 포근해지다니. 이곳 주민들은 사는 아파트에 얼마나 만족하고 있을까.

10여 년 전 나는 아파트를 전문 건설하는 서울시 SH공사의 본부장으로 취임했다. 30여 년의 공직에서 도로 교량과 상하수도 등의 공사 경험을 아파트 건설 현장에 접목할 기회였다. 아울러 그 무렵 내가 토지주택공사(LH)에서 지은 새 아파트로 이사했기에, 당시 건설한 아파트 실태와 입주자의 입장을 다소라도 이해할 수 있었다고 할까.

일주일에 하루는 현장 순찰의 날로 정했다. 아파트 건설 현장에서 우리 직원과 감리단 시공사 관계자들과 회의를 하고, 공사 중인 현장을 이곳저곳 둘러보았다. 삶의 보금자리를 건설하는 것은 예술 작품을 만드는 것처럼 혼을 다한 일이었다. 정해진 부지에 최선의 설계를 하고, 도로와 상하수도 등 기반 시설을 한 다음, 건물 기초와 골격을 세운다. 건물 내부에는 수백 가지 내장재를 사용하여 안락하고 쾌적하게 장식한다. 그 속에 물과 전기를 통하여 생기를 돌게 한다. 건물 밖에는 친환경적 조경으로 활기를 북돋는다. 그 많은 자재 하나하나를 선정하고 설치하는데 얼마나 많은 정성을 쏟는지, 놀라울 정도였다.

근무하면서 나는 품질과 안전을 제일 중요시하였다. 유지관리가 편리하고 하자 없는 시설을 강조했다. 현장에서 여름철에는 수해 방지대책을, 겨울철에는 보온 대책을 과할 정도로 점검하고, 설치된 크레인은 정기 검정을 받았는지 꼼꼼히 확인했다. 당연한 일이지만 지시 5%, 확인 95%는 오랫동안 공사 현장에서 터득한 나의 건설 철학이었다. 건설 공사는 많은 인원과 자재와 장비를 일시에 동원하여 작업하는 특성상, 항상 어수선하고 변화하므로 사고 위험성이 높다. 공사 관리자의 관심과 의지가 무엇보다 중요했다. 다행히 내가 근무하는 동안 별다른 사고가 없었으니, 관계자들 모두가 잘 챙겨 준 덕분이리라.

넓고 험한 지형에 수백 가구의 보금자리를 일시에 짓는다는 게 어디 쉬운 일이겠는가. 자기가 살 집 한 채도 직접 지으려면 얼마나 힘이 드는데. SH 공사는 어떻게 하면 좋은 아파트를 지을까 부단히 연구하고 노력한다. 최상의 설계로 건설하려고 심혈을 기울인다. 좋은 아파트란 기본적으로 품질이 보장되어 안전하고 쾌적하며 편리하고 하자 발생이 적어야 할 것이다. 좋은 아파트를 지으려고 건물에 먼저 평형별로 모델 아파트를 만든다. 다양한 아이디어를 짜내어 최대한 안락하게 꾸민다. 그리고 관계 전문가들이 점검하고 전담 주부들이 살핀 다음, 최종적으로 아파트 내장을 확정한다. 좋은 아파트는 전문가들의 모든 지식과 아이디어를 집결하고, 숙련된 손길로 곱게 빚어낸 결정체라 할 수 있다.

이것만이 좋은 아파트일까. 주변 환경도 고려해야 할 것이다. 사람마다 다르겠지만, 나는 교통이 편리하고 조용하고 공기가 맑고 전망 좋은 아파트를 선호한다. 이는 특별하기보다 보통 사람들이 바라는 수준일 것이다. 나는 3년 가까이 건설 중인 수많은 아파트를 둘러보았으나, 이런 요건을 모두 충족한 아파트란 찾기가 어려웠다. 교통이 좋으면 시끄럽거나 공기가 좋지 않고, 전망이나 공기가 좋으면 교통이 불편하였다. 이들은 대부분 아파트의 토지에 따라 좌우된다. 개발이 거의 된 서울에서 이런 요건들을 다 갖춘 부지를 찾기란 어려운 일이었다. 외부 환경이 아무리 좋은 아파트를 짓고자 해도 부지가 안고 있는 태생적인 한계를 벗어나지 못한다. 몇 가지만 충족되면 나머지는 살면서 적응하거나 보완하는 수밖에 없는 것이었다.

내가 지금까지 이사를 몇 번 다닌 아파트도 마찬가지였다. 아파트마다 소음이 없었으면, 공기가 더 맑았으면, 전망이 더 좋았으면 하는 아쉬움에 불만을 표출하기도 했었다. 그러나 SH공사에서 전문가들이 내장재 하나라도 허투루 설치하지 않고 내 집 짓듯 정성을 다하는 걸 보면서, 부족한 것은 불평하고 투덜대기보다 부지가 안고 있는 태생적인 한계를 인정할 수밖에 없음을 알게 되었다. 아쉬운 점도 적응하며 고맙게 살아야겠다는 것을 아파트를 지어보며 깨닫게 되었다.

사람도 마찬가지 아닐까. 만나는 사람 중에 마음에 흡족한 이가 몇이나 있겠는가. 고향 친구도 성인이 되면 속마음을 터놓기 어렵고, 오랜 친구도 나이 들면서 개성이 뚜렷해져 한계가 있음을 알게 된다. 처음에는 허물없이 지냈으나 한 꺼풀 들어가면 주관이 다르고 신념이 다르고 취미가 달라 아쉬움을 느끼게 된다. 몇십 년을 같은 집에서 살아온 식구도 말이 안 통하고 아쉬운 점이 있는데, 하물며 따로 살아온 사람이야 오죽하겠는가. 고쳐지기를 바라고 안타깝게 생각해도 사람마다 태생적인 한계가 있는 것이다. 상대방에게 아무리 원해도 변화가 없다면 그 사람의 한계라 여기고, 그냥 인정하고 넘어가는 수밖에 없지 않을까. 자신에게도 태생적인 한계가 있음을 자인하면서.

삶의 보금자리인 아파트 건설에 참여한 것은 커다란 행운이요 영광이었다. 아울러 삶의 지혜까지 얻게 되었으니. 좋은 아파트를 지으려고 애쓴 손길들을 생각해 본다. (2018.)

새로운 행복 찾기

공원의 아침은 호젓하고 상쾌하다. 도토리나무로 우거진 오솔길을 걷기도 하고 가볍게 뛰기도 한다. 쌓인 낙엽을 밟는 감촉이 이불 밟는 것처럼 폭신하고 바스락거리는 소리가 속삭이듯 다정하다.

공원길을 몇 바퀴 돈 다음 숲속에 있는 벤치에 앉는다. 단풍잎 사이로 파란 하늘이 빠끔히 얼굴을 내밀고 아침 햇살이 바닥까지 스며든다. 어디선가 까치와 까마귀 소리가 적막을 깬다. 현악기 줄을 몇 번씩 뜯는 것 같고 트럼펫을 휙휙 부는 소리 같기도 하다. 그 중간에 비둘기가 힘겹게 호른을 불고 있고 작은 새들이 조잘대며 실로폰을 두드린다. 귀뚜라미가 발밑에서 바이올린을 켠다. 언제부터 이 공원에 이토록 아름다운 교향곡이 울려 퍼지고 있었을까.

요즈음 가까운 산이나 들에 나가면 새소리와 벌레 소리가 유난히 귀에 선명하다. 청량한 새소리에 물소리와 바람 소리까지 어우러져 산은 가을 노래로 가득하다. 자연의 소리를 신의 소리라고 한 이가 누구였던가.

지난 설날에는 시골집에서 멀지 않은 천년 고찰 대흥사를 찾았다. 사찰로 들어가는 길은 울창한 나무가 터널을 이루었고, 길옆으로 맑은 시냇물이 흐르고 있어 마치 세속을 벗어나 별천지로 들어가는 것 같았다. 대웅전에 봉안된 삼존불은 언제 보아도 웅장하고 편안한 모습이다. 자세히 바라보니 불상의 시선이 모두 정면보다 낮은 곳을 향하고 있는 게 눈에 띈다. 이는 자신을 낮추어 중생을 구한다는 의미가 아닐는지.

천여 개의 불상이 봉안된 천불전으로 향했다. 200년 전 건립 당시 천불상(千佛像)은 경주 남산의 옥(玉)으로 6년에 걸쳐 제작되어 이곳으로 이동하던 중, 배가 풍랑으로 일본까지 표류했다가 간신히 이곳에 봉안되었다고 한다. 종교의 힘이 어떠했길래 불가능할 만한 일이 가능해졌을까. 바로 옆의 서산대사 사당인 표충사에는 정조의 친필 현판 편액이 걸려 있는 것도 처음 알았다. 무심히 지나쳤던 길가의 느티나무 두 그루도 수령이 500년이나 된 연리근(連理根)으로 정말 보기 드문 귀목이었다.

초등학교 때부터 반세기 동안 이곳에 수차례 들렀으나 이토록 소중한 것들이 있는지 인지하지 못하고 지나쳤다. 이제야 새롭게 다가오는 것은 무얼 의미하는 것인가. 주변은 그대로인데 나에게 어떤 변화가 있지 않을까 하는 생각이 든다.

몇 개월 전 나는 40여 년 동안 이어져 다니던 직장에서 퇴직했다. 직장은 나의 생명줄이요 삶의 터전이요 생활의 공간이었다. 직장에서 일어난 희로애락에 따라 내 삶도 덩달아 춤을 추었다. 나는 개인사나 가정사보다 직장 일을 우선시하려 했다.

직장에서는 크게 업무와 승진과 인간관계가 중요하였다. 업무를 처리하면서도 알게 모르게 평가를 받고 있었고, 승진하는 시기에는 동료 간에 숙명적인 경쟁을 할 수밖에 없었다. 힘들 때는 서로 돕고 소주잔도 기울이지만 때로는 거대한 조직 사회 안에서 말 못 할 사정으로 가슴 죄며 번뇌도 했다. 돌아보니 감회가 새롭고 격동의 시절들이 일장춘몽 같기도 하다. 굴레를 벗어나 마음이 홀가분해졌으니 그동안 지나쳤던 것들이 새롭게 들리고 보이는 게 아닐까.

어느 기자가 96세인 철학자에게 인생을 다시 산다면 몇 살로 돌아가고 싶으냐고 물었다. 그는 60세에서 75세라 했다. 60세가 넘어야 인생이 뭔지 행복이 뭔지 알 수 있다고 했다. 그렇다면 나도 지금 인생을 음미하고 행복을 되새기는 시기에 있는 게 아닌가. 지금껏 무심했던 것들이 새롭게 보이고 향기롭게 들린다는 것은 생의 연륜과 마음의 여유에서 우러나온 또 다른 즐거움일 것이다.

젊은 시절 양호한 눈과 귀를 가지고도 마음의 여유가 부족하여 주변을 제대로 보지도 듣지도 못했다. 내가 보고 싶은 것만 보고 듣고 싶은 것만 들었다. 그러니 값진 것들을 얼마나 많이 지나쳤으며 참된 행복이 무엇인지 어떻게 알았겠는가.

사물을 꿰뚫고 별들의 속삭임도 들을 것 같은 눈과 귀도 점차 둔해지고 있는 것이 사실이다. 언제부턴가 눈에는 비문증(飛蚊症)이 생기고 귀에서는 이명(耳鳴) 현상이 일어나고 있다. 그런데도 주변에서 새로운 것이 보이고 들린다니 얼마나 기특하고 즐거운 일인가. 이는 눈과 귀에 마음을 더하여 보고 듣기 때문일 것이다. 그렇다면 나의 오관(五官)에 마음을 더한다면 신비로운 것들을 더 많이 보고 듣고 느끼지 않겠는가. 나는 더 많은 즐거움을 누리게 되리라.

오늘도 주변에서 새로운 행복들을 찾아본다.

(2016.)

3

별, 그리고 버팀목

그 고우셨던 어머니

얼마 전 예술의전당에서 뮤지컬 〈영웅〉을 보았다. 안중근 의사가 일본의 이토 히로부미를 저격하는 과정 등을 음악과 노래, 무용으로 표현한 종합 무대 예술이었다. 숭고한 애국정신으로 거사를 감행한 안중근 의사, 사형을 앞두고 어떻게 그런 담대한 모습으로 감옥에서 지낼 수 있었을까 곰곰이 생각하게 되었다.

서른두 살에 죽음을 앞둔 안중근 의사는 어머니께 자식의 불효를 용서하여 주시고, 훗날 천당에서 만나 뵙기를 바란다는 편지를 썼다. 어머니 조마리아 여사가 그런 아들에게 답장을 보냈다. "네가 항소를 한다면, 그건 일제에 목숨을 구걸하는 짓이다.(…) 그러니 딴맘 먹지 말고 죽어라."라고 하면서, 대의에 죽는 것이 어미에 대한 효도라고 하였다. 또 여기에 수의를 지어 보내니 이 옷을 입고 가라고도 하였다.

조마리아 여사의 편지를 읽는 순간 나는 숨이 콱 막히고 가슴이 미어질 것 같았다. 자식의 죽음을 앞두고 어떻게 이런 담대한 글을 쓸 수 있고, 어떻게 자식의 수의를 손수 지을 수 있단 말인가. 당당히 죽으라고 말은 했지만, 아들의 수의를 짓는 어머니 손길이 오죽하였으랴.

자식을 사랑으로 지키려는 모성애는 모든 어머니의 한결같은 심정일 것이다. 그러나 조마리아 여사의 사랑은 아들의 숭고한 정신을 받들고 명예롭기를 바라는 차원 높은 사랑이다. 영웅의 어머니가 아니고서는 감히 생각할 수 없는 사랑이었다. 그러나 보통의 어머니들은 자식이 죽음에 처하면 어떻게든 살아남기를 바란다. 그런 조건 없는 모성애를 탓할 사람은 아무도 없을 것이다. '어머니'라는 말만 나오면 눈시울이 붉어지고 가슴이 저미는 것은 나만의 감정일까. 영웅의 어머니와는 감히 비교도 할 수 없지만, 나에게는 무조건적 사랑을 베풀어 주시는 어머니가 계시다.

어머니는 스물다섯 살에 혼자되셨다. 한 살과 세 살, 어린 두 아들을 키우면서 종손 집의 많은 농사를 손수 지어야 했다. 주위에서는 청상과부가 과연 얼마나 버틸 수 있을까 의심의 눈길을 보냈지만, 어머니는 당신의 슬픔보다는 아이들이 부모가 없으면 얼마나 천대를 받을까 그 생각밖에는 할 수가 없었다고 하셨다. 또 외할아버지께서는 딴맘 먹지 말고 어린 자식들이나 잘 키우라고 타일렀다고 하시니, 더욱 마음을 다잡으셨을 것이다.

어머니는 재가하지 않고 우리를 키우셨다. 그러면서도 자식들이 아비 없는 후레아들 소리를 듣지 않도록 예절 교육을 철저히

시키셨다.

어머니는 힘든 농사를 혼자 지으면서도 두 아들을 도회지의 고등학교로 보내셨다. 당시는 부모가 있는 아이들도 도시로 유학을 한다는 것이 어려웠던 시절인데, 어떻게든 자식을 가르치겠다는 일념으로 온 힘을 기울이신 것이다. 자식들을 뒷바라지하느라 애쓰시는 어머니를 더 이상 볼 수가 없어 나는 학자금이 적게 드는 대학교를 찾아 나섰다.

혹독한 기초 군사 훈련을 마친 후, 나는 육사 1학년 생도가 되었다. 그해 5월 어느 토요일, 뜻밖에 시골에 계시는 어머니가 머나먼 서울로 면회를 오셨다. 나는 교내 잔디밭에 앉아 훈련받는 이야기를 들려 드리면서 어머니가 싸 오신 쇠고기 장조림을 먹었다. 그때 얼마나 맛이 있었던지 지금도 잊지 못한다. 힘든 훈련을 마친 아들이 정신없이 먹고 있는 모습을 바라보며 어머니는 측은해하셨지만, 눈물은 보이지 않으셨다. 나도 의젓하게 보이려고 몇 번이나 하늘을 올려다보며 입술을 깨물었다.

어머니는 그때 힘들어도 참고 이겨 내라는 말씀은 하지 않으셨다. 그래도 나는 어머니의 애절한 눈빛에서 아들을 얼마나 안쓰러워하고 사랑하시는지 헤아리고도 남았다. 면회를 마치고 시골로 내려가신 어머니는 너무나 많이 울어서 한동안 앞이 보이지 않을 정도로 눈이 짓물렀다고 한다. 어머니는 자식이 약해질까 봐 내 앞에서는 눈물을 보이지 않으셨던 것이다.

내가 어려운 고비 때마다 참고 견딜 수 있었던 건 홀로 지내시는 어머니를 생각하며 이를 깨물었기 때문이다. 한편으로는 고생하시는 어머니가 안타까워 내가 태어난 지 6개월 만에 세상을 뜨신 아버지를 원망하기도 했다.

이 아들이 결혼한 지 30년이 지나도록 어머니는 쌀·고춧가루·참기름 등을 매년 보내 주신다. 요즘 집 근처 밭뙈기를 직접 일구어 보니, 작물 하나 가꾸고 수확하려면 얼마나 많은 손길과 땀을 쏟아야 하는지 비로소 알게 되었다. 그래서 시골에서 택배가 도착하면 걷지도 잘 못하시는 몸으로 정성 들여 싸보내신 어머니의 사랑에 가슴이 저민다. 택배를 풀어놓는 순간 집 안에 진동하는 고소한 참기름 냄새가 어머니의 진한 사랑처럼 느껴진다면 과장된 표현일까.

스물다섯 살. 그 고우셨던 어머니는 이제 호호백발 미수(米壽)가 되셨다. 아프고 힘들어도 말도 못하고 분하고 억울해도 괜한 오해를 받을까 봐 터놓고 울지도 못하며, 혼자서 60여 년 긴 세월을 오직 자식만을 위해 외롭게 살아오신 우리 어머니. 음력 유월 십팔 일, 어머니가 태어나신 날에 나도 태어났다. 어머니는 나와 그렇게 숙명으로 이어진 모자(母子)인 것이다.

이번 휴일에는 어머니를 뵈러 시골로 달려가야겠다. 어머니는 자식의 얼굴을 보는 것 이상 무엇을 더 기뻐하시겠는가.

(2014.)

별, 그리고 버팀목

어린 시절에 다녔던 초등학교를 둘러본다. 예전엔 학교 앞을 무심코 지나쳤으나 오늘따라 유난히 그립고 와 보고 싶은 건 웬 일일까. 학교를 떠난 지 꼭 반백 년이 지난 세월 탓이 아닐는지.

교문에 들어서니 확 트인 운동장과 아담한 2층 건물이 한눈에 들어온다. 나는 이곳에서 창공을 올려다보며 꿈과 체력을 키웠고 가을 운동회 날이면 만국기 아래에서 학생들과 학부모가 함께 어울렸던 운동장이다. 그때는 여의도 광장만큼 넓었는데 지금은 아담한 어린이 놀이터만 하다. 둥치가 두세 뼘이었던 플라타너스가 어느새 한 아름이 되어 오랜만에 찾아온 나를 놀라게 한다.

교실 앞을 조용히 걸으니 화단 한편에 조그마한 기념비 하나가 눈에 띈다. 4학년 때 나의 담임 선생님을 기리기 위한 기념비인데, 뒷면에는 그 선생님의 동시가 새겨져 있다.

"선생님은 나를 예뻐할까 미워할까/ 선생님 댁 심부름은 나만

시키고/ 어려운 산수문제도 나를 시키고….”

둥그런 뿔테 안경을 쓰고 호탕하게 웃으시며 아이들에게 꿈을 심어 준 정겨운 작가 선생이셨다. 어느 날 담임 선생님은 우리에게 장래 무엇이 되고 싶은지 물었다. 학생들은 차례로 발표를 했는데 한 친구가 '나는 커서 엿장수가 될래요.'라고 해서 모두 깔깔대며 웃었다. 엉겁결에 나는 대학교 총장이 되겠다고 하였다. 끝내 그 꿈은 이루지 못했지만 멋모르고 나온 그 말이 이따금 생각나곤 하였다.

교문을 나와 비상 깜박이를 켜고 중학교 때 다녔던 길을 천천히 따라가 본다. 다리가 저리고 발이 부르트도록 3년 동안 걸었던 신작로이다. 지금은 펴지고 편평해지고 말끔히 포장되었지만 그땐 구부러지고 가파르고 울퉁불퉁한 자갈길이었다. 자동차가 지나면 뽀얀 흙먼지를 뒤집어써야 했고 길가의 소나무는 항상 뿌연 분칠을 하고 있었다. 당시 중학교는 정규 인가를 받지 못한 고등공민학교였다. 교실에는 유리 창문 대신 두꺼운 비료 포대 종이를 붙여 비바람을 막았다. 바닥은 시멘트가 아닌 흙바닥으로 신발에 묻혀온 진흙덩어리로 책상을 평평하게 놓을 수가 없었다.

집에서 학교까지 8km를 걸어서 다녔다. 산길과 바닷가 길과 신작로를 몇몇 아이들과 어울려 다녔지만, 종종 혼자서 걷기도 했다. 어둡거나 비가 오는 날에는 으슥한 골짜기가 얼마나 무서웠던지, 다 커서도 꿈속에 나타나곤 했다. 책보자기를 어깨에 메고 영어 단어장을 손에 쥐고 엄지와 검지로 알파벳 글자를 쓰면서 단어를 외웠다. 따스한 봄날 터덜터덜 걷다가 산길로 들어서면 하늘 높이 떠 있는 종달새가 부러워 목이 아프도록 쳐다보곤 하였다. 학교에 갔다 집에 오면 다리가 어찌나 쑤시고 저려 오던지. 저녁을 먹고 어머니가 설거지하는 동안에 나는 이미 잠에 곯아떨어졌다. 훌륭한 사람이 되는 꿈을 꾸기도 했다.

한 학기가 지나자 걷는 것이 견딜 만 해졌다. 그때부터는 농사를 도우며 호롱불 아래서 공부를 했다. 3년 과정을 마쳐도 검정고시를 보아야 고등학교에 갈 수 있었다. 다행히 나는 3학년 때 검정고시 전 과목을 단번에 합격하는 행운을 얻었다. 학교에서는 처음 있는 일이라고 경사스럽게 여겼지만, 집에서는 무덤덤하였다. 내가 도회지로 떠나면 어머니는 혼자 남게 되는 것이 염려스러웠다.

열대여섯 살 어린 나이에 어떻게 그 먼 길을 걸어 다녔을까. 지금 생각해도 믿기지 않는다. 당시 내게는 꿈이 있었다. 훌륭한 사람이 되어 고생하시는 어머니를 편하게 해드리고자 하는 꿈. 그런데 지금 그 꿈은 호랑이를 그리려다 토끼를 그린 것 같았다. 그 꿈을 이루려고 최선을 다하지 못했고, 미흡한 현실을 탓하며 실패가 두려워 목표를 수정하면서 안주하지 않았나 하는 생각이 든다.

얼마 전 석모도에 갔다가 강화도로 돌아오는 여객선을 탔다.

갑판에 오르니 사람들이 던져 준 과자를 받아 채려는 갈매기들이 공중에서 여객선 주위를 맴돌고 있었다. 모두 환호하며 즐거워했다. 선착장에 가까워지자 사람들이 흩어지고 갈매기들도 어디론가 사라져 보이지 않았다. 강화도에 도착하여 갑판에서 내려오니 사라졌던 갈매기들이 어느새 부둣가 갯벌에 모여 앉아 있었다. 다음 여객선이 떠나기를 기다리는 것 같았다. 이 갈매기들을 조나단이 본다면 뭐라고 할까.

리처드 바크가 쓴 〈갈매기의 꿈〉에서 주인공 조나단은 고기잡이배에서 하나의 먹이 조각을 얻기 위해 매일 반복하는 단조로운 비행보다 더 높이 더 멀리 날고 싶은 꿈을 꾸게 되었다. 그래서 비행 능력과 기술을 끝없이 익히는 도전을 하여 마침내 자기의 꿈을 이룰 수가 있었다. 나도 조나단처럼 끊임없는 도전을 했더라면 당초 이루려던 꿈이 실현되지 않았을까.

당초 대로 이루지 못했지만, 당시 꿈은 나에게 별이고 버팀목이었다. 철없는 어린 시절 부푼 꿈이 있었기에 그 먼 길을 견디며 걸을 수 있었다. 나는 지금도 꿈을 꾼다. 힘든 사람들에게 위로가 될 수 있는 글 한 편이라도 썼으면 하는 꿈을.

(2014.)

잠이 오지 않는다

시골에 내려와 옛날 집터를 둘러본다. 내가 태어나고 자랐던 터전, 집은 간데없고 잡초만 무성하다. 안채와 장독대가 있던 자리는 어렴풋한데 어린 시절 영상들이 엊그제같이 선명하다.

마당 가운데 홀로 서서 주위를 살펴본다. 울창했던 대나무 숲은 어디 가고 다른 나무만 몇 그루 우두커니 서 있다. 사람도 숲도 떠나니 빈 하늘만 남았다. 고개를 왼쪽으로 돌리니 텃밭 구석에 작은 숲이 눈에 띈다. 가까이 다가서니 대여섯 평 남짓한 터에 싱그러운 대나무들이 떼지어 자라고 있는 게 아닌가. 죽었던 대나무에서 새순이 돋는 것 같았다.

당시 우리 집은 대나무 숲으로 둘러싸여 있었다. 울창한 대나무 숲은 우리 집과 옆집을 감싸고 마을 전체를 포근히 에워싸고 있었다. 사철 푸르른 숲은 싱그러웠고, 한여름이라도 대나무 숲에 들어서면 시원하고 생기가 돌았다. 숲은 외로운 어린이에게 자연의 아름다움을 안겨 주었다.

대나무 숲속에는 언제나 교향악이 울려 퍼졌다. 사각대는 댓잎 소리와 조잘대는 새소리, 산비둘기의 목멘 소리가 어우러지는 자연의 교향곡이었다. 이따금 바람이 확 불어 대나무가 휘청거리는 소리는 무대 뒤쪽에서 울리는 큰북 소리 같았다.

바람이 세게 불면 대나무는 이리저리 흔들릴 뿐 부러지거나 뽑히지 않았다. 이는 단단한 뿌리 덕이었을 것이다. 텃밭으로 삐져나온 대 뿌리를 곡괭이로 캐려 해도 잘 뽑히지 않았으니까.

중국 동부지방에서 서식하는 모소라는 대나무는 씨앗을 뿌린 지 4년이 지나도 불과 3센티밖에 자라지 않는다고 한다. 5년이 되는 어느 날부터 하루에 30센티씩 자라기 시작하여 6주 만에 15미터를 자라서 순식간에 대나무 숲을 이룬다고 한다. 4년 동안 땅속에서 뿌리만 키운다고 하니 모소 대나무의 뿌리는 얼마나 튼튼하고 끈질기겠는가.

5월경이면 팔뚝만 한 죽순이 그야말로 우후죽순으로 솟아났다. 우리 집 죽순도 하루가 다르게 쑥쑥 자라서 1~2개월이면 거의 다 자란 것 같았다. 어린 시절 바닥에서 돋아난 죽순이 신기하게 생각되었지만, 땅속 대 뿌리에서 어떻게 나오는지 알지 못했다.

학교에서 돌아오면 나는 숲속을 호젓이 걷곤 했다. 어머니에게 꾸중을 듣거나 집안에 좋지 않은 일이 있을 때도 걸었다. 한 바퀴 도는 데 삼사십 분도 걸리고 한두 시간도 걸렸으리라. 쭉쭉 뻗은 왕대나무를 이리저리 만져 보고 쳐다보며 푹신푹신한 댓잎을 밟는 것이 더없이 좋았다. 봄이면 동백꽃이 아름다웠고 여름이면 그늘이 시원했다. 가을이면 상수리나무에서 알찬 열매가 떨어졌고 겨울에는 방 안처럼 안온했다. 대나무 숲은 푸근한 나의 안식처요, 우리 집의 커다란 자랑거리였다.

그러던 어느 날 시골에 내려와 보니 대나무 숲이 몽땅 사라져 버렸다. 대나무 수요가 줄어들자 형님이 옆집과 어울려 밭으로 만든 것이다. 가슴이 텅 빈 것 같았다. 아늑했던 터전에는 집만 덩그러니 남았고 안방에서도 선명했던 사각 소리는 더 이상 들리지 않았다. 산비둘기의 목멘 소리도 사라졌고 폭신한 발걸음도 느낄 수 없었다.

시골 집안도 알게 모르게 저물고 있었다. 오래전 갑작스러운 사고로 어린 조카 셋을 두고 형수님이 떠나자, 형님도 한동안 고생하시다 저세상으로 가셨다. 어머니는 혼자서 어린 조카 셋을 키워야 했다. 식구들은 다른 집으로 이사했고 살던 집은 몇 해 전 철거를 했다.

대나무 숲이 사라진 지 이십 년이 훨씬 지났다. 세월이 흘러도 울창했던 숲과 그 속을 거닐었던 추억은 잊히지 않는다. 이따금 옛 집터를 돌아보면 잡초 속에서 댓잎 몇 개가 눈에 띄었지만, 관심조차 두지 않았다.

그러던 대나무가 싱그럽게 되살아나다니! 사라진 대나무 숲에서 한 줄기 빛이 돋아난 것은 놀라운 기적이었다. 대나무 숲이 사라진 날, 중장비들은 요란한 소리를 내며 대 뿌리 하나라도 남기지 않으려고 온 대밭을 샅샅이 뒤졌을 것이다. 어떤 곳에서는 대 뿌리를 죽이려고 강한 약까지 사용한다고 한다. 그런데 버려진 잔뿌리에서 싱그러운 싹을 키워 낸 것은 대나무 뿌리의 끈질긴 생명력이요, 모질게 이겨 낸 의지가 아니겠는가.

대(代)가 끊길 뻔했던 어린 조카 셋을 어머니는 기어이 키워내셨다. 온갖 고난 속에서 젖먹이 아들을 키워 내시더니 젖먹이 손자까지 살려내셨다. 어머니는 우리 집안의 대나무 뿌리가 아니신가. 조카들은 결혼해서 자녀를 둘씩이나 두었고, 내 아이들도 결혼했으니 머지않아 자녀를 둘 것이다.

시골에 사는 친척 동생은 대 뿌리를 그냥 두면 밭을 망치니 빨리 파내야 한다고 조언한다. 나는 고개를 저었다. 끈질기게 되살아난 대 뿌리를 다시 파헤친다는 것은 너무 잔인한 것 같아서였다.

그곳은 다시 울창한 대나무 숲으로 변할 것이다. 조잘대는 새소리와 사각대는 소리를 들으며 폭신폭신한 댓잎 위를 걸을 생각을 하니 잠이 오지 않는다.

(2017.)

스물세 살에 가신 아버지

추석을 쇠러 시골 고향에 내려왔다. 일찍 도착한 조카네가 거실에서 우는 아기를 달래다가 깜짝 반겨준다. 초롱초롱 빛나는 눈을 가진 아기는 방긋방긋 웃으며 두 손으로 허공을 휘젓는다. 나는 그 아기를 조심스럽게 안아 본다. 귀여운 천사 같다. 6개월 되었다는 소리에 나는 그만 머리가 멍해지고 말았다. 그때 나도 이렇게 까만 눈망울로 해맑게 웃고 있었을까.

내가 태어난 지 6개월 만에 아버지가 돌아가셨다. 스물세 살의 젊은 아버지는 아내와 어린 자식 둘을 남기고 저세상으로 가셨다. 그때 어머니는 넋을 잃고 멍하니 먼 산을 바라보고 계셨을 것이고, 나는 방 가운데서 까만 눈망울로 방긋방긋 웃고 있었을 것이다.

시도 때도 없이 웃고 있는 나를 바라보신 어머니의 심정은 어떠했을까. 저미는 가슴을 더 아프게 했을 것이고, 주위에서도 안타깝게 바라만 보았을 것이다. 철없는 나를 두고 아버지는 어찌 떠날 수가 있단 말인가.

어린 시절 나는 집안에 아버지가 계셔야 하는지도 몰랐다. 웃음이 마르고 농사일에 찌든 어머니셨지만, 곁에만 있으면 좋았다. 어머니가 몸살을 앓거나 억울한 일로 밤을 지새우시면 나는 걱정스러운 눈으로 지켜보며 안타까워했을 뿐 아버지가 계시면 좋았을 거라는 생각은 하지도 못했다.

그런데 내가 열 살쯤 되었을까, 어느 날 동네 동갑내기 친구 집으로 놀러를 갔었다. 점심때가 되니 친구는 마루에 나가 "아버지, 진지 잡수세요." 하고 크게 외치는 게 아닌가. 나는 한 번도 불러보지 못한 낯선 '아버지'를 친구는 스스럼없이 큰 소리로 부르고 있었다. 나는 바로 집으로 달려가 방 안에서 일하고 계신 어머니를 붙잡고 나는 왜 아버지가 없느냐고 따져 물었다. 어머니는 당황하며 머뭇거리다가 "하늘나라로 갔으니까 없지." 하고는 얼굴을 돌리셨다. 어린 아들의 질문을 받은 30대 젊은 어머니의 심정이 어떠했을까. 여린 어머니를 더 아프게 한 것 같아 그때를 생각하면 지금도 가슴이 저려온다.

그 후부터 어머니가 힘들거나 괴로워하시면 나는 돌아가신 아버지를 원망하였다. 집안에 어려운 일이 생기거나 나에게 힘든 일이 닥치면 아버지가 안 계시기 때문이라고 또 원망했다. 낳아 놓고 거두지 못한 아버지가 그렇게 원망스러울 수가 없었다.

그래도 어린 나는 한 번이라도 '아버지'를 불러보는 게 소원이었다. 우리를 보호해 주고 어떤 어려움도 해결해 줄 것 같은 듬직한 아버지가 계셨으면 하는 마음이 간절하였다. '아버지'란 글자를 남몰래 종이에 써보기도 했다.

지난번 시골에 내려와 어머니를 모시고 읍내에 다녀오던 길이었다. 어머니가 혼인한 후 두 해 동안 친정살이를 하고 시댁으로 돌아가던 길이었다고 한다. 그런데 뜻밖에 여기 이 길에서 아버지를 만났다는 것이다. 아버지도 마침 멀리 떨어진 처가에 가는 중에 둘이 우연히 마주쳤는데 서로가 쑥스러워 말도 제대로 못했다고 하셨다. 어머니는 이곳을 지날 때마다 생각난다고 이제야 털어놓으셨다. 60년 넘게 이 길을 수없이 지나쳤을 텐데…. 어머니는 설레던 그때를 회상하며 아버지를 떠올리셨을 것이다.

그 다음 날 나는 혼자서 아버지 산소에 갔다. 지금까지 산소에 와도 원망하는 마음만 앞섰다. 그런데 이번에는 달랐다. 산소 앞에 서니 아버지 모습이 궁금했다. 얼굴은 어찌 생겼을까. 키는 클까 작을까. 심성은 어떠하셨을까. 가끔 어머니는 아버지가 잘 생겼다고 하셨다. 사진이라도 있으면 믿을 수 있을 텐데….

5남매 중 셋째로 태어난 장남으로 15살에 결혼하여 아들 둘을 남기고 23살에 세상을 하직한 아버지. 다 성장하지도 못하고 자식 노릇, 남편 노릇, 아버지 노릇 한 번 똑바로 못하고 가신 아버지라는 생각이 들었다. 아버지인들 어찌 더 살고 싶지 않았겠는

가. '이 세상에 처자식 고생시키려는 자가 어디 있겠는가. 운명이 그뿐인 것을 어쩌란 말인가.' 하고 탄식하는 아버지의 목소리가 들리는 듯하였다. 나도 모르게 눈시울이 뜨거워졌다. 마냥 원망스럽기만 했던 아버지가 가련하고 측은하게 여겨졌다. 아버지 없이 겪어야 했던 시련은 한이 없지만, 이순이 된 내가 피지도 못하고 가신 아버지를 원망만 한 것이 죄송스러웠다. 나는 아버지께 용서를 빌며 큰절 올린 후 차가운 무덤의 잔디를 곱게 쓰다듬어 주었다.

"아버지, 감사합니다. 저를 이 세상에 태어나게 해 주셔서. 원망만 했던 아버지를 이제라도 다시 생각할 수 있게 해 주셔서. 어머니에게 잊히지 않고 회상할 수 있는 설렘을 남겨 주셔서. 아버지가 못 다한 한은 그곳에서 다 푸시고 마음 편히 계시기 바랍니다."

집에 와서 어머니에게도 감사드렸다.

"어머니. 감사합니다. 철없는 저를 아버지 없이 키워주셔서. 남은 생 편안하고 건강하게 사시기 바랍니다."

89살의 어머니는 말없이 나를 쳐다보셨다.

(2015.)

시골 친구

서울 홍은동 부근을 지날 때면 언제나 가슴이 설렌다. 차창 밖으로 잠깐 스치며 지나가는 언덕배기에 아파트 숲이 빽빽하다. 지금은 그럴듯한 아파트가 들어섰지만, 반세기 전에는 비탈면에 초라한 집들이 다닥다닥 붙어 있는 주거밀집지역이었다. 좁은 비탈길에 공동 수도와 공동 화장실이 있던 곳, 내가 서울에 와서 처음 묵었던 곳이다.

대학 입시를 치르기 위해 밤 기차를 타고 처음으로 서울 땅을 밟았다. 살을 에는 듯한 새벽 공기를 맞으며 어렵사리 동네 한 친척이 거주한 집을 찾아갔으나, 여의치 않아 다시 옮겨야 했다. 버스에서 내려 골목길을 한참 걸어 언덕 중턱에 있는 작은 집으로 안내되었다. 시골 동네 친구가 방 하나를 세 얻어 세 자매가 함께 살고 있었다. 초등학교 동창인 그 친구는 졸업하자마자 서울로 올라와 동생과 같이 직장에 다니고 있었고, 그의 누나는 밥을 해 주고 있었다. 셋이 기거하는 좁은 방에 내가 끼어든 것이다. 불편할 텐데 모두 친절히 맞아 주었다.

나는 그 집에서 며칠을 묵으면서 ○○대학 입시도 치르고 육사의 마지막 관문인 면접시험도 보았다. 며칠 뒤 두 곳 모두 합격하여 어느 곳을 선택할지 망설였는데, 그 친구가 당연히 육사를 가야 한다고 했다. 그의 의견대로 육사를 택했다. 친구는 세운상가와 청계천도 구경시켜 주었고, 난생처음 대폿집의 막걸리 맛도 보여 주었다. 육사 가입교 때 그가 정문까지 데려다주었던 것 같다.

이후 내가 생도 시절이나 군에 있는 동안 그와 연락이 뜸했다. 서로가 바쁘고 힘든 시기였다. 그러다가 내가 군 생활을 마치고 사회로 나오면서 그를 다시 만나게 되었다. 그의 사무실도 가 보았고 이따금 만나 소주잔도 기울였다. 그의 결혼식에 내가 사회도 보았고, 부부끼리 산에 함께 가기도 했다. 그는 술을 좋아하고 호탕하고 서글서글했다. 만나면 그는 어린 시절 얘기는 별로 하지 않았다. 궁핍한 시절을 회상하기 싫었으리라. 직업이 달라 공통 화제도 그리 많지 않았다. 그렇다고 그와 싸우거나 다툰 적도 없었다. 말 그대로 순수한 시골 친구였다. 언제 만나도 부담이 없고, 연락이 없어도 크게 걱정하지 않는 게 친구였다. 그 친구는 구수한 된장 맛이라고 할까. 그런데 연락이 번번이 끊기었고, 그의 전화번호도 자주 바뀌었다. 그래도 명절 때 시골에서 다시 만나 연락을 이어가곤 했다.

그런데 어느 해 추석을 맞아 시골에 갔는데, 그 친구가 죽었다는 것이다. 한동안 소식이 끊겼기에 추석 때 만나리라 기대했는데…. 그는 유일하게 살아 있는 동네 친구였다. 어안이 벙벙하고 기가 막혔다. 지병으로 세상을 떠났다는데 어찌 연락 한 번도 되지 않았을까. 한참 지났다기에 친구 부모를 찾아갈 수도 없었다. 할 말이 없었다.

그의 부모가 서운해하기 전까지 나는 그의 호의를 크게 깨닫지 못하고 있었다. 생각해 보니 당시 그들은 좁은 방에서 얼마나 불편했겠는가. 시간 맞춰 아침을 챙겨 주고 학교에 데려다주느라 얼마나 애를 썼겠는가. 지금 아파트 빈방이라도 누가 하룻밤을 잔다고 하면 신경이 많이 쓰이는데.

그때 그의 집에서 며칠 묵으면서 나는 알게 모르게 그의 영향을 많이 받았다. 그에 의해서 나의 직업이 결정되었고, 지금까지 그 지역에서 크게 벗어나지 못하고 살고 있다. 서울에서 터전을 잡을 때, 낯이 익고 전세가 싼 그 부근을 배회했다. 그때 어떤 대가를 치렀기에 잊고 있었는지 모르지만, 나는 그에게 많은 빚을 지고 있었다.

내가 빚지고 사는 게 어찌 이 친구뿐이겠는가. 부모 형제 친지 스승이야 말할 것도 없지만, 특히 시골 친구들에게 빚진 게 많은 것 같다. 초등학교 중학교 시절에 나에게 잘해준 친구들 이름은 지금도 생각난다. 중학교 때 내 이름을 관인 같은 사각 도장에 직접 새겨서 졸업 기념으로 주는 친구도 있었고, 30대까지 나를 좋아하며 마지막 떠날 무렵까지 나를 거명했다는 친구도 있었다. 생도 시절에는 휴가 때마다 친구 가게에 들러 빵을 얻어먹기도 했다. 모두 남자들인 게 아쉽지만. 그런 친구들 덕에 나는 용기를 잃지 않고 외로움을 달랬다고 할까. 그러나 그 고마움을 속으로만 간직하고 행동으로 보여 주지 못했으니 어쩌면 좋단 말인가.

옛날 한 젊은이가 부모 형제와 이웃에게 신세만 지고 산 것 같았다. 좋은 일 하며 갚으려고 했지만 도움받는 일이 더 많았다. 그는 이를 돈으로 환산하여 남에게 도움을 주는 것을 '+'로, 받는 것을 '−'로 계산하기로 했다. 도움 되는 일을 열심히 찾아 '+'가 되도록 하였으나, 하루해가 지나 잠자리에 들 때 계산하면 언제나 도움을 받는 '−'가 더 많았다. 도움을 받는 것이 줄기는커녕 점점 늘어만 갔다고 한다.

지금까지 나는 빚만 지고 살아왔다. 빚지지 않고 살기란 어렵겠지만, 빚을 갚는다는 건 더욱 어려운 일이다. 대신이라도 베풀며 갚아야 하지 않을까. 어느 시인이 말한 것처럼 누구에게 한 번이라고 뜨거운 연탄불이었는지 되돌아보며 살았으면 한다.

빚지고 살아온 삶, 무슨 빚을 지고 있는지도 모르고 살아 온 삶. 조금이라도 되돌릴 수 있는 길은 없는 것인가. 깨닫게 해 준 그 친구에게 어떻게 고마움을 전해야 할지.

(2017.)

진수성찬

호텔 뷔페식당에 들어섰다. 우아한 장식과 아늑한 분위기가 나를 사로잡는다. 낯설지만 점잖은 신사처럼 품위 있게 자리를 잡고 주위를 살펴본다. 옛날 고관대작이 궁중 만찬에 초대받는 것처럼 눈이 휘둥그레진다. 얼마나 맛있는 고급 요리들이 기다리고 있을지 군침이 당긴다.

널따란 홀 한쪽에는 이름으로만 들어본 고급 요리들이 진수성찬으로 차려져 있다. 좀처럼 먹기 어려운 요리를 먹어볼 절호의 기회가 온 것이다. 몇 가지를 듬뿍 담아 요령 없이 앉았다 섰다를 몇 번 하였더니 어느새 배가 불렀다. 다른 쪽을 둘러보니 더 진귀한 요리들이 그득하다. 천천히 음미하며 먹을 걸. 할 수 없이 더는 포기하고 진한 커피 한 잔 마시며 그윽한 정원 조명을 바라본다. 세상 부러울 게 없다는 황금 불빛이다. 그 흔한 김치 한 조각도 제대로 먹지 못하던 때가 엊그제 같은데 이리 고귀한 산해진미로 배를 채우다니. 왜 하필 이 시간에 그 시절이 떠오른 것일까.

벌써 반세기가 되었다. 시골 중학교를 마치고 도회지에서 고등학교에 다니게 되었다. 형과 나는 학교 근방에 조그마한 방 한 칸을 얻어 자취를 시작했다. 중학교 때부터 자취하던 형은 석유곤로로 밥을 익숙하게 했다. 그러나 반찬은 마가린과 왜간장과 마른 멸치뿐이었다. 종이로 싸인 비누 모양의 마가린을 숟가락으로 떼어 뜨거운 밥 속에 넣고 왜간장으로 비비면 어찌 그리도 맛이 좋았던지. 짜지 않고 부드럽고 달콤했다. 여기에 왜간장에 적신 마른 멸치를 씹으면 얼마나 고소하던가. 밥맛은 꿀맛인데 얼굴에는 마른버짐이 피고 뱃속은 늘 허기져 있었다. 그러나 가슴만은 잔뜩 부풀어 있었다.

한 달에 한두 번 시골에 갔다. 부두까지는 30분을 걷고, 또 여객선을 타고 1시간 가야 했다. 시골 선착장에 도착해서도 다시 30분을 걸어야 우리 집에 닿았다. 토요일 저녁 늦게 도착하면, 혼자 계신 어머니는 그때부터 바빠지셨다. 밤새 김치와 깍두기를 담그고 빨래하고 식량을 준비했다.

다음날 어머니는 식량 자루를 머리에 이고 나는 반찬단지를 손에 들고 바닷가를 걸어서 배 시간에 맞춰 선착장에 닿아야 했다. 여객선이 보이기 시작하면 발걸음은 달리듯 빨라졌다. 우리 형제 자취생활에 어머니도 힘들고 고달프기는 마찬가지였다.

배 떠난 선착장에서 멀어져 가는 여객선을 멍하게 바라보시던 어머니. 어머니와 아들은 그곳에서 몇 번이고 생이별했다. 나는 여객선이 남긴 포말을 바라보며 헤어진 어머니를 생각했다. 배가 도시 부두에 도착하면 한 손에 식량 자루를 다른 한 손에는 반찬 단지를 들고 가다 서기를 반복하며 자취방에 도착하곤 했다. 양팔이 떨어져 나갈 것 같았다. 덕분에 며칠간 김치와 깍두기로 그럴듯한 식사를 할 수 있었다. 그러나 그도 잠깐, 다시 마가린과 샘표 간장으로 돌아왔다. 김치 하나도 제대로 먹지 못하던 시기였다.

이따금 주인집 아줌마가 김치를 담그면서 준 생김치는 얼마나 맛이 있던지. 빨간 고추를 절구통에 갈아 얼버무린 열무김치 한 접시가 마치도 숯불에 막 구운 따끈한 한우 한 접시 먹는 것 같은 기분이었다. 밥 한 그릇이 마파람에 게 눈 감추듯 사라졌다. 그 김치 맛을 생각하면 지금도 군침이 돈다.

그때 자기 집이나 하숙집에서 학교 다니는 학생들이 그렇게 부러울 수 없었다. 따뜻한 방에서 차려준 밥을 먹고 공부만 할 것이고, 점심시간이면 먹음직스러운 반찬으로 떳떳하게 도시락을 펼칠 것이다. 그 무거운 쌀자루를 들거나 겨울에 얼음 같은 찬물에 손을 담그지 않아도 될 테고, 가스 냄새를 맡으며 연탄불을 갈지 않아도 될 터이니 얼마나 좋겠는가. 그러나 고등학교 시절 내내 그토록 바라던 하숙 한 번 해 보지 못했다. 수년 후 장교 시절

막판에 몇 달간 하숙해 보니 얼마나 편하고 좋던지. 따끈한 방에 매 끼니때마다 정성스러운 식사가 나오고, 빨래며 방 청소까지 해 주었다. 하숙비만 제때 주고 공부만 하면 되었다. 살맛이 났다.

고등학교 3년간 김치 하나도 제대로 못 먹던 자취생활, 무엇으로 견디며 살았을까. 꿈을 먹고 살았다. 속이 빈약하고 찬이 없어도 꿈으로 채웠고, 방이 차가워도 꿈으로 데웠다. 허기지고 춥고 고달플수록 꿈은 부풀었고 간절했다. 좋은 대학에 진학하겠다는 꿈, 어머님에게 보답하겠다는 꿈, 성공하려는 꿈. 그토록 간절했던 꿈은 지금 어찌 되었는가.

오늘 아내의 환갑을 맞이하여 딸 내외가 마련한 자리이다. 최고의 음식으로 함포고복(含哺鼓腹)했다. 김치도 못 먹던 나에게는 과분한 식사였다. 이런 기회는 아내의 환갑날 하루면 족하리라. 진수성찬으로 배는 부른데 마음은 왜 이리 허전한 걸까. 꿈이 차지할 공간이 없기 때문이 아닐는지.

어머니 생각이 간절하다.

(2015.)

땅끝에 서서

한반도 최남단 땅끝에 섰다. 가슴이 확 트인 바다와 아기자기한 섬들. 파랗게 물든 바다 위에 크고 작은 섬들이 올망졸망 떠 있고, 하얀 여객선이 긴 포말을 그리며 섬 사이를 오간다. 시원하게 열린 하늘 아래 이 아름다운 바다를 보려고 이곳까지 달려온 것일까. 두 팔을 크게 벌려 파란 기운을 마음껏 들이킨다. 온갖 시름과 번뇌는 바닷속으로 녹아들고, 숨 가쁜 경쟁들이 한순간에 멈춰 선다.

이곳은 바다로 나아가기보다는 머무르고 싶은 곳이다. 땅끝에는 156.2m의 사자 봉우리가 있고, 그 정상에는 29.5m의 전망대가 세워져 있다. 한반도의 마지막을 힘 있게 끝내는 사자 봉우리, 얼마나 멋지고 늠름한가. 북위 34도 17분 21초라고 표시된 이곳은 반도의 남쪽 끝이요, 바다의 시작점이다. 시작과 끝은 관점이 다를 뿐 같은 곳이다. 반도의 기운이 이곳에 멈추었다 충전하는 곳이 아닐까.

전망대 뒤를 바라보니 거대한 산줄기가 힘차게 뻗어나간다. 저 능선을 타고 북쪽으로 올라가면 노령산맥과 소백산맥, 태백산맥으로 연결되어, 함경북도 은성까지 이어질 것이다. 이곳에서 그곳 은성까지 삼천리라 하여, 우리나라를 삼천리 금수강산이라고 부른다고 한다. 삼천리 금수강산을 막힘없이 달리 수 있는 날은 언제쯤 올 것인가.

봉우리 전망대 위에 있는 카페에 앉아 커피 한 잔을 주문했다. 훤히 트인 바다와 드높은 하늘을 바라보며 한 모금 들이키니, 싱그러운 땅끝 기운이 입 안으로 따라온다. 물 위에 떠 있는 섬들이 파랗게 빛난다. 철모른 소년이 타향으로 떠났다가 반백 년 만에 돌아본 고향, 감회가 새롭다. 600여 년 전 '야은(冶隱)'이 옛 도읍지를 필마로 돌아볼 때도 이런 기분이었을까. 격렬했던 청춘을 링 위에서 보내고, 이제는 세상을 관조할 때가 되지 않았는가. 기쁨과 즐거움, 노여움과 슬픔도 많았다. 아쉬움과 미련이 어찌 없을 수 있으랴. 그러나 이곳 시원함에 마음을 펼치니 아쉬움과 미련은 순간에 사라지고 그동안의 감사에 고개가 숙어진다. 어렵고 힘들 때 알게 모르게 도움을 주고 격려와 용기를 주었던 분들이 생각난다. 감사의 마음을 전할 수 없어 안타깝기만 하다.

얼마 전 서유럽 이베리아반도 끝인 포르투갈의 '까보다로까'라는 곳을 방문한 적이 있다. 그곳 땅끝은 이곳과는 달리 편평한

지형에 땅끝을 알리는 기념탑만 덩그러니 서 있었다. 눈 앞에 펼쳐진 바다에는 섬 하나 보이지 않는 망망대해였고 멀리 수평선이 가물거렸다. 밋밋한 평지에서 허허로운 바다를 바라보니 뭔가 허전한 것 같았고, 바다 저 멀리 무엇이 있는 것 같아 달려가고 싶었다. 그곳은 육지의 끝이라기보다 넓은 바다로 향하는 출발점인 것 같았다. 그래서 콜럼버스가 대서양을 서쪽으로 횡단하여 신대륙을 발견한 게 아니었을까. 예전에 그곳에서 고기잡이를 떠났다가 돌아오지 못한 어부들이 많았다고 한다. 지금도 많은 사람이 그곳에 들러 슬픈 노래를 듣고 간단다.

나는 다시 커피 한 모금 마시며 가까이 있는 섬으로 달려가는 꿈을 꿔본다. 작은 섬에서 살아가면 어떠할까. 처음에는 낯선 곳에서 하나하나가 새롭고 신비로울 것이다. 파도 소리 들으며 푸른 바다를 바라보고 숲속을 거닐며 파란 하늘을 보면 몸과 마음이 날고 있을 것이다. 천혜의 자연 속에서 시간에 얽매이지 않으며 자유를 만끽할 것이다.

그러나 육지 생활에 길들어진 내가 낯선 섬에서 얼마나 잘 적응할 수 있을까. 진정으로 안락하고 편안함을 느끼려면 상당한 시간과 노력이 필요할 것이다. 아니면 또 다른 불편과 고독으로 몸부림칠지 모른다. 엄습한 적막감이 두려워지면서 아옹다옹 살아가는 육지를 그리워할 것이다. 오래전 낯선 타향에서 터를 잡을 때처럼 갖가지 어려움에 부딪힐지 모른다. 새로운 세계로 진출은 또 하나의 도전이요 모험이 아닌가. 겨울은 다가오는데 자칫 길을 잃고 헤맬 수도 있고, 추위를 대비하는 데 소홀할 수 있을 것이다. 이제 새로운 도전보다는 걸어왔던 길을 마무리한 것이 더 중요하다는 생각이 든다.

이곳 해남 땅끝은 바다를 향해 달려가기보다는 달려왔던 것을 마무리하는 곳인 것 같다. 땅끝 사자 봉우리는 붓글씨가 끝나는 화점으로 힘이 실린 곳이요, 화룡점정(畵龍點睛)처럼 멋지게 끝맺음하는 곳이다. 사람이 무엇을 행하려면 때를 아는 게 중요하다. 특히 마무리할 때를 아는 게 더 중요하다. 끝이 좋으면 다 좋다는 말이 있지 않은가. 훌륭한 사람도 놓을 때를 모르고 끝까지 붙잡고 있다가, 쌓았던 명예와 인격이 하루아침에 추락하는 경우가 많다. 때가 되면 아쉽더라도 돈과 명예와 권력을 미련 없이 놓을 줄 알아야 군자일 것이다.

땅끝 전망대의 멋진 광경에 취해 있으니 어느새 어둠이 찾아온다. 섬 위로 떨어지는 석양이 장관이요, 저녁놀에 반짝거리는 파도가 빛난다. 놓을 때가 망설여지거든 이곳 땅끝 봉우리에 올라와서 푸른 바다를 바라보면 좋겠다. 더없이 아름다운 석양에 취해보면 어떨까.

(2017.)

온불여해남(溫不如海南)

우리나라 땅끝마을 해남. 서울에서 서해안 고속도로를 따라 남쪽 끝까지 가서, 목포대교를 건너고 영암 방조제를 지나면 해남이다. 서울에서 아무리 빨라도 대여섯 시간, 조금 여유 있게 가다 보면 좋이 칠팔 시간은 걸린다.

해남 땅에 들어서면 공기부터 다르다. 한겨울에도 자동차 문을 열면 훈훈한 단내가 난다. 서울보다 훨씬 따뜻하여 얼었던 마음도 녹는다. 영하 5도 이하 날씨가 드물고, 뽑지 않은 배추가 겨울 밭에 그대로 서 있다. 일명 월동 배추이다. 국내 월동 배추의 70%가 이곳 해남에서 나온다.

배추가 눈 서리 맞으며 겨울 밭에 고스란히 살아 있다는 건 중부지방에서는 생각지도 못한다. 무성하던 여름작물도 서리 한 번 맞으면 끓는 물에 데친 것처럼 풀이 죽는데, 잎으로만 싸인 배추가 겨울 밭에서 생존한다는 것은 여간 어려운 일이 아니다. 그

배춧속이 얼마나 노랗고 싱싱한지, 한겨울에 보기만 해도 입맛이 돌고 생기가 난다. 달 밝은 겨울밤에 갓 뽑은 배추로 야식 쌈을 먹던 추억은 남쪽 사람들만이 간직할 수 있는 그리움이 아닐까.

또한 해남에는 황토 고구마가 유명하다. 인주처럼 붉은 땅에서 자라 새색시 볼처럼 불그스레한 고구마는 외모부터 푼더분하고 서민적이다. 쪄놓으면 익은 호박처럼 속이 노랗고 보드랍고 달콤하다. 잘 익은 홍시 같기도 하다. 여러 지역 고구마를 먹어봤지만, 해남 고구마보다 달고 맛있는 것은 먹지 못했다.

예전에는 해남은 물고구마가 유명했다. 고구마로 점심을 때우던 어린 시절, 어머니는 안방 윗목에 발을 엮어 저장해 둔 하얀 고구마를 무쇠솥에 푹 쪄서 대나무 소쿠리에 담아 내놓는다. 식구들은 소쿠리에 둘러앉아 껍질을 벗겨가며 오순도순 먹곤 했다. 물컹물컹한 물고구마 한쪽 끝에 구멍을 내어 빨면, 단물이 입안에 가득 차고 온몸으로 스며든다. 어찌나 꿀맛이던지, 반백 년이 지난 지금도 그 맛을 잊지 못한다. 해남 고구마가 유달리 달콤한 것은 따뜻한 기온과 붉은 황토가 만들어 낸 합작품이 아닐는지.

무엇보다도 해남 하면 땅끝마을이 아니겠는가. 한반도의 남쪽 끝이요, 바다가 처음 시작되는 곳이다. 땅끝에는 사자 봉우리가 있고, 그 위에 '땅끝 전망대'가 있다. 전망대에 올라 파란 바다를 바라보면 답답한 가슴이 확 트이고, 크고 작은 섬들이 옹기종기 펼쳐있다. 파란 하늘 파란 바다 파란 섬들이 잘 어우러진 한 폭의 그림이다. 육지 쪽으로는 태백산맥과 소백산맥으로 이어진 산줄기가 선명하다. 힘겹게 달려온 반도의 숨결이 땅끝에서 멋지게 끝난 것 같다. 일을 계속해야 하는지 끝내야 하는지 망설여진다면 땅끝마을에 가서 생각해 보면 좋겠다. 끝이 아름다워야 한다는 걸 절실히 느끼게 될 것이다.

해남에는 유명한 사찰 대흥사가 있다. 사찰로 들어서는 십여리의 진입로에는 떡갈나무 단풍나무 벚나무들이 울창하여 터널을 이룬다. 사찰은 사방이 산으로 둘러싸여 더없이 아늑하고 포근하다. 두륜산에 올라가 내려다보면 사찰은 커다란 둥우리 안에 알을 낳아 놓은 형상처럼 자리 잡고 있다. 조선 시대 명필 이광사와 추사 김정희, 정조대왕의 친필이 사찰들 현판으로 걸려 있고, 서산대사의 유물과 초의선사가 기거했던 일지암도 볼 수 있다. 대흥사가 푸른 동백나무 숲속에서 사철 생기를 머금고 있는 것도 따뜻한 기후 덕일 것이다.

고산 윤선도 유적지도 해남에 있다. 고등학교 교과서에 나오는 "내 벗이 몇인고 하니 수석(水石)과 송죽(松竹)이라/ 동산에 달 떠오르니 그것이 더욱 반갑구나/ 두어라 이 다섯밖에 또 더하여 무엇하리. …"로 시작한 〈오우가〉를 탄생시킨 고산의 유배지이다. 아울러 고산의 증손자인 윤두서가 배출된 곳이다. 유적지에는 600년 된 은행나무가 있고 해남 윤씨 집안의 고택도 있다. '노비문서' '윤두서 자화상' 등 보물도 만날 수 있다. 윤선도가 이곳에서 따뜻한 기운을 받았기에 그토록 훌륭한 작품을 지을 수 있지 않았을까.

그외에도 해남에는 명량대첩의 우수영, 우황리 공룡 화석지, 달마 고도의 미황사가 있다. 이름만 들어도 가 보고 싶고 걷고 싶은 곳이다. 남쪽에 있기에 더 어울리고 정겹게 느껴지는 것은 아닐까. 날씨가 춥거나 심신이 외롭고 힘들 때 해남을 둘러보면, 훈훈하고 정감 있어 위로받을 수 있으리라.

고향 해남을 떠난 이후, 나는 겨울이면 유난히 추위를 탔다. 고등학교를 마치고 서울에 첫발을 내딛는 순간, 얼마나 추웠던지 살갗이 따끔거리고 살이 에이는 듯했다. 타향에서 여름 더위는 견딜 수 있었지만, 겨울 추위는 정말 참기 어려웠다. 따뜻한 곳에서 났고 자랐기 때문이리라. 그동안 내가 다른 사람을 차갑고 냉정하게 대했다면 그건 나의 본성이 아니었다. 내 본성은 따뜻한 인자가 내포되어 있는데, 환경 때문에 생성된 일시적으로 차가운 인자가 나도 모르게 튕기어 나왔을 것이다.

육지 한반도에서 해남만큼 따뜻한 곳이 있을까. 조선 시대 흥선대원군이 전국을 유람하면서 호남 땅에 들러 '호남 8불여'를 남겼다. 그가 만일 해남을 들렀더라면 '온불여해남(溫不如海南)'이라고 하지 않았을까. '따뜻하기는 해남만한 곳이 없다.' 해남 땅을 밟으면 누구라도 따뜻한 기운이 온몸으로 스며들 것이다.

(2018.)

꺼질 줄 모르는 텔레비전

고향 가는 길은 언제나 설렌다. 먼 길이지만 일단 나서면 정든 산천과 보고픈 어머니 생각에 지칠 줄 모르고 달린다. 가까워질수록 더욱 두근거리고 서두르게 된다.

시골집에 들어서면 거실도 어둡고 살림살이도 제멋대로이다. 그러나 금방 익숙해지는 걸 보면 역시 고향 집이요, 어머니가 계시기 때문이리라. 그러다가 며칠 지나면 다시 하나둘 불편해지기 시작한다. 겨울에는 차가운 거실과 불편한 화장실, 의자 없는 생활로 허리도 아프다. 무엇보다도 꺼질 줄 모르는 텔레비전 소리에 견딜 수가 없다.

시골집 텔레비전은 종일 쉬지 않는다. 어머니는 기상과 취침에 맞춰 켰다 끄신다. 특별히 좋아하는 프로가 있는 것도 아니요, 그냥 틀어 놓고 식사도 하고 낮잠도 주무신다. 어머니는 텔레비전을 한 식구나 친구처럼 여기시는 것 같다.

하루에 뉴스나 한번 볼까 말까 하는 내가 좁은 방안에서 관심도 없는 텔레비전 소리를 며칠째 듣고 있는 심정이 어떠하겠는가. 책을 보거나 명상을 할 수 없으니 머리가 지근거리고 돌아버릴 지경이다. 우리 몸에 눈꺼풀은 있는데 귀덮개는 왜 없는 것인지.

사실 어머니는 종일 집에 계셔도 얘기할 상대가 없다. 아침에 도우미 아줌마가 잠깐 다녀가고, 자손들한테 전화나 한두 번 오면 그만이다. 책을 보거나 음악을 듣는 것도 아니니 텔레비전이라도 없으면 무슨 낙으로 지내시겠는가.

그런 어머니를 이해하면서도 견디기 어려운 건 순전히 나의 이기심 때문이리라. 어머니는 틈만 나면 유모차를 몰고 출타를 하신다. 골짜기와 언덕길도 아랑곳하지 않고 오륙백 미터 떨어진 노인회관으로 향하신다. 날씨가 추우면 가지 말라고 하여도 사람 소리 듣고 싶다고 가신다. 혼자 계시니 사람이 그리운 것이다.

젊은 시절 홀로 되신 어머니는 평생 얼마나 외로우셨을지. 내가 초등학교 · 중학교 시절, 저녁이면 우리 집에 보따리장수 아줌마들이 자주 찾아왔다. 동네 사람들의 안내로 낯선 아주머니가 와도 어머니는 옛 친구를 만난 것처럼 저녁을 함께 먹고 자리에 누워 밤새 이야기를 나누었다. 다음날 나는 얘기 소리에 공부가 안되니 낯선 사람을 제발 재우지 말라고 하여도, 어머니는 잘 곳 없어 찾아오는 사람을 어떻게 내치느냐며 말미를 흐리셨다. 자식의 간청을 흔쾌히 받아들이지 않는 어머니를 당시에는 이해하지 못하였다.

또한 어머니는 처지와 나이가 비슷한 동네 아주머니 한 분과 유난히 친하게 지내셨다. 아주머니가 집안일을 도와주고 식사도 같이하며 우리 집에서 살다시피 한 것은 부족한 일손 때문인 줄 알았다. 그때 어머니는 3~40대, 허허벌판에 홀로 선 어머니는 황량하기 그지없었을 것이다. 찾아오는 말벗이나 마음이 통하는 아주머니와 얘기라도 나누고 싶었으리라. 그러나 무엇보다도 커가는 자식이 있었기에 어려움을 견딜 수 있지 않으셨을까.

내가 시골에서 중학교를 마치고 도회지의 고등학교로 떠나던 날, 부둣가에 서서 멀어지는 여객선을 바라보며 눈물을 흘리시던 어머니 모습은 지금 생각해도 눈시울이 젖어 온다. 그후에도 바닷가에 자주 나와 멀리서 오가는 여객선을 한없이 바라보았다는 어머니, 홀로 남은 젊은 어머니는 널따란 시골집에서 얼마나 두렵고 허전하셨을는지. 나는 시골에 갈 때마다 집안 문고리를 수차례 점검하고 방법을 알려드렸다.

당시 어머니가 혼자 농사짓기 어렵다고 나를 고등학교에 보내지 않았더라면 어찌 되었을까. 나는 중학교를 마친 후 울며 겨자 먹기로 농사를 돕다가 언젠가는 야간열차를 타고 도회지로 나왔을 것이다. 그리고 낯선 곳에서 뿌리를 내리려고 무척이나 헤매었으리라. 지금의 나는 어머니의 외로움과 희생으로 이루어진 결실이 아닌가. 70여 년을 홀로 살아오신 어머니. 그 젊고 고운 모습은 어디 가고 골 깊은 주름살만 가득하다. 자식이 나이 들어 애달파하여도 그 외로움을 어찌 다 알 수 있으리오.

텔레비전 소리에 머리가 아프다고 하니 어머니는 전원을 끄신다. 잠시 누워 눈을 감으시더니 억울하고 힘들었던 지난 일들을 하나씩 들추어낸다. 외롭고 고통스러운 기억들이 고스란히 살아 있다. 젊은 시절에는 찾아온 말벗을 막던 자식이 이제는 텔레비전조차 못 보게 한다고 서운하신 것 같기도 하다. 어머니는 평생 외로우면서도 외로운 줄 모르고 자식을 키우셨는데, 자식은 며칠 간의 텔레비전 소리도 지겹다고 하고 있다. 김초혜의 시처럼 어머니는 '쓴 것만 알아 쓴 줄 모르는 어머니'인데, 나는 '단 것만 익혀 단 줄 모르는 자식'인 것 같다.

어머니가 떠나시면 나는 얼마나 후회를 할까. 꺼진 텔레비전을 붙들고 밤새 흔들고 있을 것이다. 시골에 오면 어머니와 같이 텔레비전으로 들어가련다. 아니면 내가 텔레비전이 되든지.

(2018.)

먼 길 떠나시면서

호미로 마늘을 캔다. 땅을 찍어 당기니 탁구공보다 작은 마늘이 드러난다. 밑거름도 넉넉히 주고 정성으로 가꾸었건만, 어머니가 보내 준 것보다 굵지 못하다. 어머니는 텃밭에서 가꾼 작물을 서울로 보내시곤 했다.

봄이면 마늘과 양파를 보내 주셨다. 토실토실한 마늘은 우리 양념과 건강식품이 되었고, 양파는 탐스럽고 단단하고 달콤하다며 아내는 즐겨 먹었다. 가을에는 참기름과 고추장, 고춧가루 등을 보내 주셨다. 2리터들이 페트병에 가득 담긴 참기름은 진짜라서 더 고소하다. 찬이나 비빔밥에 조금만 넣어도 맛과 향에 취한다. 고추장은 맛깔스럽고 친화력이 좋아 식탁 가운데서 토박이처럼 행세한다. 어머니는 우리 집 먹거리를 풍족하게 해 주셨다.

그외에도 쌀은 물론 간장과 된장까지 시골에서 가지고 왔다. 시골에 갈 때마다 어머니는 더 줄 게 없는지 찾아보셨다. 결혼

후 40여 년 동안 우리는 식량과 기본양념을 시장에서 사 먹어 본 적이 없다. 일찍 가신 아버지 대신 오래 사신 어머니 덕으로 당연하게 받으며 남부럽지 않게 누렸다.

몇 년 전부터 내가 작물을 가꿔보니 보통 일이 아니었다. 고추는 모종을 하고 김을 매고, 제때 비료도 주고 약도 열 번정도 쳐 주고 지지대로 붙잡아 주어야 했다. 어린 손자 돌보듯 보살피며 정성을 들여야 했다. 나도 힘든 농사일을 몸도 가누기 힘든 노인이 실버카로 실어 나르며 손질해서 보내시는 것이다. 보내 주시는 농작물은 어머니의 정성 어린 산물이며 사랑의 징표였다. 농사를 지어보고서야 어머니의 농작물이 더 소중해지고 어머니의 손길이 느껴졌다.

그러나 이제 그런 작물을 받을 수 없게 되었다.

어머니가 떠나셨다. 94세로 요양병원에 입원하시고 이별이 임박한 건 알았지만, 운명하셨다는 전화에 한 시간 넘도록 대성통곡을 했다. 평소 말씀처럼 '남 같은 세상 하루도 못 살아 본' 어머니의 인생이 가련했고, 받은 것에 비해 초라한 나의 회한이 한꺼번에 밀려왔다. 코로나19로 면회도 못 하다가 마지막 몇 번 간 것뿐이니, 떠밀려 입원한 어머니는 영문도 모른 채 얼마나 외롭고 쓸쓸했을지.

17세에 시집와서 25세에 홀로 된 어머니. 혼자 대농을 지으며 어린 아들 둘을 키우고 가르치고 결혼까지 시켰다. 그러고도 어린 손자 셋을 키우신 어머니, 그 생이 오죽했으랴. 어느 시인은 해마다 열리는 대추 한 알에도 태풍과 천둥과 번개가 몇 개씩 들어 있다는데, 아흔 해를 넘게 홀로 살아오신 어머니의 삶 속에는 얼마나 많은 것들이 담겨있겠는가. 슬픔·두려움·외로움·중상모략·무시·억울·암치료·참척 등등, 험난한 삶에서도 오로지 자식만을 위한 희생을 감내하셨다.

어머니가 청춘을 희생한 덕에 나는 자라났고, 두려움을 견뎌낸 덕에 자식 둘은 도시에서 유학했다. 서운하고 미흡한 게 많았을 텐데 "잘했다."라고 칭찬만 해 주신 덕에 나는 힘든 일도 견디며 용기를 잃지 않았다. 힘겨움 속에서도 어머니는 옹달샘처럼 끊임없는 샘물을 부어 주셨고, 나는 입이 큰 하마처럼 받기만 했다. 어느 시인처럼 나는 '꽃이 시드는 동안 밥만' 먹었다.

49재를 지내고 우리는 시골집에 들렀다. 텅 빈 마당에는 파란 감나무가 무성하고 노란 수선화가 애처롭게 피어 있다. 안방과 거실에는 조심조심 걷는 어머니 모습이 아른거리고 훈훈한 목소리가 귓전을 울린다. 비닐하우스 내부는 시계가 멈춘 듯 적막하다. 양쪽으로 한 줄씩 바싹 마른 고춧대가 빨간 고추를 매단 채 죽어 서 있다. 울컥 눈시울이 붉어졌다. 어머니 손길이 멈춘 것이다. 예년 같으면 파란 고추가 싱싱하고, 어머니는 자손들에게 줄 마늘과 양파를 손질하고 계실 텐데. 그 어머니는 어디로 가셨단 말인가.

옷가지가 타면 어머니는 정말 소천하신 것일까. 시골집을 출발할 무렵 마늘 한 보따리가 차에 실렸다. 작년 가을 어머니가 병원 문을 드나들면서도 애써 심어 놓은 것이다. 어머니는 마늘을 심으며 무슨 생각을 하셨을까. 봄날 자손들에게 나눠 주실 생각을 했을 것이다.

먼 길 떠나시면서까지 선물을 남기신 어머니. 옛날 노인이 아들 지게에 실려 산속으로 가면서도 나뭇가지를 꺾어 놓았다는 얘기는 설화가 아니었다. 어머니가 남긴 선물이 어디 마늘뿐이랴. 주신 사랑은 내 가슴속에 멍울로 남았다가 별이 될 것이다.

주기만 하고 가신 어머니. 70년 만에 아버지를 만나 무슨 말씀하셨을까. 23살의 아버지는 94살의 어머니를 알아보기나 했을까. 고통 없는 세상에서 못다 한 정 나누시고 다시는 헤어지지 마셨으면 좋겠다.

마늘 캐는 손을 놓고 먼 하늘 바라보니, 떠가는 구름 속에 어머니가 보인다. 눈물이 앞을 가린다.

(2020.)

4

나를 찾는 공간

부드럽고 유연하게

휴일이면 시원한 아침 공기를 마시며 테니스장으로 향한다. 테니스 코트를 말끔히 손질하고 백색 라인을 선명하게 긋고 새 공을 꺼내 테니스를 할 때면 상쾌한 기운이 온몸을 감싼다. 테니스 공이 절묘하게 네트를 넘나들고 엎치락뒤치락하는 게임을 할 때면 코트에는 팽팽한 긴장감이 감돈다.

살아서 튀어 오르는 볼이 라켓에 맞아 튕기는 탄력을 느끼는 손맛이 짜릿하다. 살아 움직이는 물고기를 낚싯대로 당기는 순간의 그 손맛이라고나 할까.

30대 중반 서울에 터전을 잡고는 새벽 운동으로 학교 운동장이나 뒷산 약수터에 오르곤 하였다. 그런데 한두 번 거르고 나면 나가기가 싫어졌다. 운동도 재미가 있어야한다는 생각에 총각 시절부터 가방 속에 넣고 다니던 라켓을 꺼내 인근 테니스장으로 향했다.

레슨을 시작할 때는 몸과 라켓과 볼이 제각기 놀았다. 한두 달 지나자 서로 조화가 이루어지면서 볼을 치는 감각이 좋아지고 재미도 붙었다. 젊음과 열성만 있으면 쉽게 숙달될 것 같아서 레슨은 3개월로 마쳤다.

동호회에 가입하면서 본격적인 테니스 인생이 시작되었다. 매일 아침 출근하기 전에 볼을 치고, 주말이면 새벽부터 테니스장에 나가서, 날이 어두워져서야 집에 돌아오곤 하였다. 비 온 땅은 말리고 내린 눈은 쓸고 언 땅은 녹여 가며 틈만 나면 가족보다는 볼과 놀았다. 열정을 쏟으니 테니스 실력은 점점 나아졌지만, 생각만큼 크게 향상되지는 않았고 몸도 따라 주지 않았다. 기량을 높이기 위해서는 볼을 좌우 강약 등 다양한 구질(球質)로 치고받을 수 있어야 했다. 그러나 살아 움직이는 볼을 마음대로 다루기란 쉬운 일이 아니었다.

젊은 시절, 나는 힘 있고 시원스레 치는 볼을 좋아했다. 볼을 세게 치려고 팔에 힘을 잔뜩 넣고 라켓을 휘둘렀는데 그럴수록 볼은 강하게 나가지 않고 팔만 아팠다. 볼을 세게 치려면 우선 몸과 팔에 힘을 빼고 부드럽게 쳐야 한다는 것을 그때는 알 리가 없었다.

5년 전에는 그토록 정열을 쏟았던 테니스를 잠시 접게 되었다. 볼을 세게 치느라 팔이 아파도 하루라도 쉬면 큰일 날 것처럼 계속했는데, 결국에는 라켓을 들지 못할 정도로 팔이 시큰거리고 아파왔다. 팔꿈치에 무리가 온 것이다. 어쩔 수 없이 테니스를 중단하고 동네 인왕산으로 향했다. 산에 오르면서 눈앞에 어른거리는 테니스장을 잠시 잊고, 아파서 힘을 못 쓰는 팔을 만져 보며 지난날의 나를 회상하여 보았다.

군 장교가 되기 위한 생도 시절에는 몸과 팔에 일부러 힘을 넣어야 했다. 차렷 자세에는 어깨와 팔, 다리 등 온몸에 힘을 주어야 했고, 턱과 눈에도 힘을 주어야 했다. 걸을 때나 말할 때도 힘이 들어가 있어야 했다. 젊은 시절에 몸 곳곳에 들어간 힘은 나이가 들어도 빠질 줄 몰랐고, 언제 힘을 빼야 하는지도 알지 못했다.

몸에 힘이 들어가니 마음에도 힘이 들어갔다. 직장에서나 집에서나 언제나 자신만만하고 당당했으며, 상대방의 의견을 듣고 따르기보다는 내 생각대로 되기를 바랐다. 인생은 힘든 일은 참고, 성실하고 부지런하게 살아가면 되는 것으로 알았고, 부드러운 마음으로 겸손하고 남을 배려하며 살아간다는 것은 미처 생각지 못하였다.

일 년간의 등산을 끝내고 그리운 테니스장으로 되돌아왔다. 그런데 그동안 온 힘을 다해 강하게 치던 볼이 두려워졌다. 몸과 볼을 부드럽게 달래면서 테니스를 하고, 나비같이 날아서 벌처럼 쏘는 볼을 치기로 하였다. 허리 팔 다리의 관절은 유연하게 하고 근력은 강화했다. 몸 전체가 유연하도록 수영장에 가서 수영도 했다. 몸이 부드러워지니 마음도 부드러워지는 것 같았다. 그러나 테니스장에만 가면 내가 청춘인 양 착각하니, 완전히 부드러워지려면 아직 요원한 것 같다.

테니스를 부드럽게 치려다 보니, 젊은 시절이 비록 고달팠을지라도 좀 더 부드러운 마음으로 살아오지 못한 것이 못내 후회되었다. 그래서 사무실과 집의 책상 위에 '감사 겸손 배려'라는 문구를 크게 써놓고 날마다 마음에 새겼다. 그 글자 아래에는 '유머 웃음'이라는 작은 글자로 부언을 달아 놓았다. 내가 살아온 지난날과 현재를 감사하고, 상선약수(上善若水)처럼 순리에 순응하며 사는 것이 아름다운 삶이라는 생각이 이제야 든 것이다.

테니스 구력(球歷) 30년 만에 나는 강함이 부드러움 위에 있지 않음을 비로소 알게 되었으니, 참 만시지탄이 아닐 수 없다.

(2014.)

나를 찾는 공간

열어젖힌 창문으로 상쾌한 바람이 들어온다. 멀리 드넓은 들판이 펼쳐있고 그 뒤로 높고 낮은 산들이 병풍처럼 전개된다. 텃밭에는 오이와 가지, 토마토가 탐스럽게 열려있고, 고구마 잎이 무성한 걸 보니 땅속에서 한창 밑들고 있는 것 같다. 탁 트인 시골 풍경이 볼수록 시원하고 정겹다.

시골에서 태어나서일까. 한적한 시골에만 가면 마음이 편안하고 여유로움을 느낀다. 아늑한 산들과 싱그러운 나무들, 조잘대는 새소리와 경쾌한 물소리, 맑은 공기가 그렇게 좋을 수가 없었다. 그래서 조용한 시골에 휴식 공간 하나 있기를 바랐다. 이왕이면 넓은 들판이 보이는 내 고향 같았으면 좋겠다고 생각했다.

지난해 겨울, 아내와 함께 강화도로 향했다. 내 소원을 탐탁지 않게 여기는 아내를 어렵사리 설득하여, 집에서 한 시간 거리로 정하였다. 부동산 안내로 몇 군데를 다녔으나 산세 수려하고 물이 흐르고 조용한 곳을 찾기란 쉽지 않았다. 그러던 중 뜻밖에 앞이 확 트인 들판과 멀리 잔잔한 산들이 보이는 이곳으로 안내되었다. 답답한 가슴이 뻥 뚫린 것 같았다. 주변에 나무가 없어 숲속 같은 맛은 없지만, 내 고향 시골과 흡사하여 한눈에 반했다. 다른 조건 따지지 않고 이곳 밭뙈기로 계약을 했다.

조그맣지만 시골에 터전을 잡으니 마음이 풍족했다. 무슨 작물을 심을까, 어떤 집을 지을까 상상만 해도 설렜다. 모임에 나가 자랑처럼 털어놓을 정도로 뿌듯했다. 전원주택에서 휴식하며 동양화를 감상하는 꿈을 꾸기도 했다.

봄이 되어 농기구를 준비하는 것도 신이 났다. 호미와 삽과 곡괭이를 하나씩 사들이면 집에 새 가구를 들이고 새 악기를 장만한 것처럼 즐거웠다. 어린 시절 함부로 다루던 호미도 내 것이 되니 소중했다. 오이, 고추 모종은 갓난아이처럼 조심스레 다루어 땅에 심고 물을 흠뻑 주었다. 심어 놓기만 하면 주인의 의욕처럼 잘 자랄 것 같았다. 무엇보다 초년생 농부에게 친절히 가르쳐 준 동네 사람들이 얼마나 고마운지.

심어 놓은 작물은 땅 맛을 알았는지 무럭무럭 자란다. 시기에 맞추어 비료를 주고 가지치기와 지주대도 세워 주니 행복도 따라왔다. 오이 줄기는 얼마나 빨리 자라는지 지주대에 묶어 놓은 마디가 일주일이면 차고 넘치고, 오이 크는 소리가 들리는 듯하다. 고구마 줄기는 심고 나니 시들시들하더니 며칠 후 되살아나 왕성하게 뻗어나간다. 작물들은 땅속에 뿌리를 묻고 묵언 정진하였다. 땅에서 기운을 받아 싱그럽게 뻗어나는 걸 보면 땅은 생명의 근원이 아닌가.

오이, 가지, 고추를 첫수확할 때의 기쁨 또한 이루 말할 수 없었다. 열흘 만에 와 보니 팔뚝만 한 오이가 주렁주렁 달렸다. 생각지도 못했는데 탐스러운 오이를 열 개나 땄다. 제일 큰 것 한 개를 물에 씻어 한 입 크게 베어 물었다. 아삭아삭 씹으니 상큼한 오이 맛이 입 안 가득 물씬 풍긴다. 그래, 옛날 시골에서 먹던 바로 그 맛이야! 어린 시절 먼 길 학교 다녀와서 배가 출출할 때 텃밭에서 오이 하나 따서 옷에 쓱쓱 문질러 정신없이 씹어 먹던 그 맛이었다. 달콤한 오이 맛에 새내기 농부는 너무 흐뭇하여 두 팔을 크게 벌려 하늘을 안았다.

주문한 지 3개월 만에 전원주택이 완성되었다. 공장에서 통째로 제작하여 이동 설치한 컨테이너 하우스이다. 주택을 새로 짓는 것은 어려울 것 같아 설치한 간이 공간이다. 외부는 연푸른 판자를 붙인 아담한 오두막집이요, 내부는 여섯 평의 원룸에 싱크대와 화장실을 갖추었다. 지하수와 전기를 설치하고 난방과 단열까지 했으니 영락없는 전원주택이 아닌가. 잘 갖춰진 별장에 비할 바는 못 되지만, 마음만은 호화 별장 부럽지 않은 부자이다. 가족끼리 공모하여 '강화 별장'으로 명명하였다.

'강화 별장' 방으로 들어선다. 사방을 둘러보니 가슴이 뻥 뚫려 시원하고 먼 들판과 산들이 한눈에 들어온다. 텃밭 작물들이 바로 앞에서 춤을 춘다. 앉아서 둘러봐도 전경이 훤하다. 책을 펴 놓으니 신선이 따로 없다. 누워 보니 살랑살랑 초여름 바람이 살갗을 어루만지고, 향긋한 시골 냄새가 물씬 풍긴다.

부러울 게 무엇이냐. 평시 즐겨 부른 논어 한 구절이 절로 나온다. "飯疏食飮水 하고 曲肱而枕之라도 樂亦在其中이라(나물 먹고 물 마시고 팔을 베고 누웠느니 그 속에 낙이 있다)."

이제 나 자신으로 돌아올 때다. 지금껏 나는 시간에 쫓기고 조직과 문화에 휘둘렸다. 치열한 생존경쟁 속에서 숨 돌릴 틈도 없이 앞만 보고 달리다가, 이제 전원 속에 공간 하나 마련했다. 공간 내부에는 텔레비전이나 라디오도 없고, 소파나 안락의자도 없다. 널따란 방 가운데 조그만 탁자와 앉은뱅이 의자만 덩그렇게 놓여 있다.

텅 빈 공간이 나를 기다린다. 읽고 쓰는 공간이요, 사색의 공간이요, 자연을 음미하는 공간이다. 내가 나를 찾는 공간이다.

(2014.)

튀는 테니스공

맞기 위해 태어난 것일까. 평생 맞고 또 맞으며 온몸이 해어지도록 맞는다. 강하고 약하게 사방팔방으로 얻어맞고 때로는 패대기치기를 당하기도 한다. 그래도 깨어지거나 쓰러지지 않는다.

맞으면 튀어 오른다. 맞고 튀어 오르지 않으면 존재 가치가 없다. 토끼처럼 부드럽고 사뿐사뿐 튀어 오른다. 둘러싸인 솜털로 점잖고 품위 있게 튀어 오른다. 조급하면 다혈질이요, 무디면 형광등이요, 불규칙하면 천방지축이라 취급받는다. 맞아도 부서지지 않고 곱게 튀어 오른 것은 분노와 고통을 속으로 삭이기 때문이리라.

맞아도 정직하게 튄다. 맞는 방향과 강도에 따라 정확하게 튄다. 왼쪽을 맞으면 오른쪽으로, 오른쪽을 맞으면 왼쪽으로 튄다. 강하면 높게 약하면 낮게 튀어 오른다. 맞으면서 곧이곧대로 튀어 오른 것은 착하고 순진하기 때문일 것이다.

30대 초에 군복을 벗고 전직을 하였다. 새 직장은 업무와 분위기가 생소하여 도시로 갓 이사 온 시골 농부처럼 어리둥절했다. 낯선 환경에서 어떻게 터전을 닦고 좁은 틈바구니에서 처신해야 할지 잘 알지 못했다. 갓 모종한 작물처럼 새로운 터전에 뿌리를 내리려고 발버둥을 쳐야 했다. 조직 내에 어려운 일도 떠맡았다. 아무리 힘들어도 일단 맡으면 명예를 생각하여 책임 완수하려 했으니, 얼마나 고달팠겠는가.

그 무렵 테니스를 시작했다. 직장 생활의 답답함을 풀어 줄 돌파구가 필요했다. 아침이면 레슨을 받고, 휴일이면 동호인들과 게임을 했다. 다리에 스프링이 달린 것처럼 지칠 줄 모르고 코트를 이리저리 뛰어다니며 공을 쫓았다. 바닥에서 튀어 오른 공은 받아치기도 하고, 튀기 전에 맞받아치기도 했다. 공중 높이 뜬 공을 길게 뻗은 팔로 힘있게 후려치면 얼마나 후련하던지. 공은 때리면 때릴수록 높이 튀어 올랐다. 잘 맞고 잘 튀면 공이 고마웠고 그렇지 않으면 한없이 원망스러웠다. 쌓인 스트레스를 테니스 공에게 풀고 나면 속이 시원하고, 다음 날 출근길은 새처럼 가벼웠다.

게임에서 승패는 병가지상사(兵家之常事)인데도 이기고 지는 것에 희비가 엇갈렸다. 초반에 이기다가 막판에 지면 삶의 의욕을 잃은 것처럼 비참했고, 지다가 이기면 인생 역전 드라마처럼 통쾌했다. 공을 세게 때려놓고 약하게 튀기를 바라고, 옆으로 때려

놓고 똑바로 가기를 바라기도 했다. 잘 맞지 않으면 투덜대며 공을 패대기치기도 했으니, 두레박 끈 짧은 줄 모르고 샘물이 말랐다고 어깃장 놓는 꼴이었으리라. 맞는 대로 정직하게 따른 공은 얼마나 속이 상했겠는가. 그러나 공은 말이 없었다. 아픔과 분노도 여백과 탄성으로 삭이고 견디었을 것이다.

직장에서 10여 년도 훨씬 지나 진급 시기가 되었다. 능력이나 실적에 앞서서 보이지 않은 연(緣)들이 아른거렸다. 망망대해의 돛단배처럼 외로웠고, 밤하늘의 별들을 보며 한숨을 내쉬었다. 한 계단 오르기가 암스트롱이 달에서 첫발을 내딛는 것처럼 힘겨웠다. 두 번째 승진은 박수근 화백의 조기 그림처럼 속이 타들고 쪼그라들었다. 당시 한 계단 더 오르는 것이 삶의 전부라고 여겼기에 포기할 수 없었다. 마지막 순간에 간신히 발을 얹긴 했지만, 30여 년 직장 생활은 하루하루가 긴장의 연속이요 치열한 생존경쟁 같았다. 그런 와중에 테니스공은 나에게 활력과 용기를 불어넣어 주었다.

휴일 아침이면 코트에 난 발자국들을 솔로 쓸어 지우며 마음을 가다듬는다. 그 위에 하얀 선을 긋고 노란 새 공을 튕기면 얼마나 상쾌하던지. 그리고 이리저리 공을 쫓으며 마음껏 때린다. 말 못할 억압들은 모두 공에게 쏟아붓는다. 맞을수록 공은 높이 튀어 오른다. '그래 살아 봐야지/ 너도나도 공이 되어// ……// 떨어져도 튀어 오르는 공/쓰러지는 법이 없는 공이 되어.'라는 정현종의 시처럼 공은 하늘 높이 튀어오른다. 나도 공과 같이 덩달아 튀어 오른다. 말할 수 없는 원망과 분노가 공 속에 녹아든다. 나는 녹초가 되어 저녁 무렵에야 집으로 돌아오곤 했다.

젊은 시절 테니스공이 아니었더라면 나는 어디로 튀었을까. 산으로 튀었다면 지금쯤 험한 골짜기를 헤매고 있을 것이요, 바다로 튀었다면 아직도 물속에서 허우적거리고 있을지 모른다. 그 당시 테니스공이 있었기에 직장을 무난히 마칠 수 있었다. 내가 여기까지 온 것은, 몸이 해어지도록 헌신해 준 테니스공 덕이다. 공처럼 둥글둥글 살지는 못했지만, 면면히 쓰러지지 않고 지탱해 온 것이다. 고마운 테니스공. 나도 다른 사람을 튀어오르게 하는 공이 될 수는 없는 것일까.

테니스를 접은 지 몇 년이 지났다. 책상 위에 놓인 노란 테니스공을 바라보니 공처럼 튀어 오르고 싶다. 공도 나와 함께 다시 튀고 싶다고 한다.

(2016.)

즐거운 달리기

거친 숨을 몰아쉬며 아침 공기를 가른다. 상쾌한 하천 바람이 얼굴을 스치고 가슴으로 파고든다. 토끼처럼 사뿐사뿐 뛰어도 숨이 차고 땀이 밴다. 심폐기능과 근력을 걷기보다 더 증진 시킨다는 달리기. 테니스 그만두고 다시 찾은 즐거움이다.

나는 원래 달리기를 좋아하지 않았다. 초등학교 운동회 때 100m 달리기에 1등은 못하고 3등으로 공책 한 권 탔을 뿐이다. 운동회 날이면 어머니는 달리기로 공책을 듬뿍 타 온 이웃 동네 아이를 부러워하셨다. 속이 상한 나는 부지런히 연습하여 다음번에는 꼭 일등을 하겠다고 마음먹었으나, 그날만 지나가면 까맣게 잊어버렸다. 달리기보다는 공부가 더 재미있었기 때문이다.

그런 내가 고등학교 3학년 때 육사 입학시험을 보게 되었다. 필기시험이 끝나고 체력 검정시험 차례가 왔다. 턱걸이와 팔굽혀펴기, 100m 달리기는 그런대로 마쳤다. 마지막으로 한 번도 해

본 적이 없는 2km 장거리를 달려야 했다. 얼마쯤 달리니 숨이 차고 토할 것 같았고, 하늘이 빙빙 돌고 다리가 떨어지지 않았다. 간신히 9분 30초 이내로 완주는 했지만, 그때 얼마나 힘들었던지 지금도 생각하면 다리가 후들거리고 숨이 막혀 온다. 그런 달리기가 입교 후에도 계속될 줄 알았더라면 아마 나는 입교를 포기했을지 모른다.

합격의 기쁨도 잠시, 육사에 가입교하여 3주간의 기초 군사훈련을 받았는데 달리기로 시작하여 달리기로 끝났다. 며칠 동안 다리가 아파서 움직일 수가 없었는데, 그래도 달려야 하니 달리면서 풀어졌다고 할까. 정식으로 육사에 입교해서는 본격적인 달리기가 시작되었다. 생도대에서 첫 월요일, 연병장에서 하기식과 퍼레이드를 마치고 완전군장으로 상급생들과 대오를 갖춰 10킬로를 달리는데 어찌나 숨이 가쁘고 힘이 들던지. 군장과 철모와 총이 거추장스럽고, 발은 쇠사슬에 묶인 것처럼 무겁기만 했다. 2학년 생도들의 앙칼진 목소리로 아무리 다그쳐도 더는 버틸 수가 없었다. 할 수 없이 나는 대오를 벗어나 같은 처지의 생도들 몇몇과 걷다 뛰기를 반복하며 간신히 학교로 들어왔다. 낙오자의 모습은 초라했고, 버스를 타고 지나가는 사람들이 부럽기만 했다.

이후 나는 낙오자라는 낙인이 찍혀 2학년 생도들에게 수시로 불려 다녔다. 팔 굽혔다 펴기·토끼뜀·쭈그려 앉았다 뛰기 같은 체벌을 수도 없이 받았다. 갖은 호통과 모욕적인 말도 견뎌야 했다. 생도 생활은 더욱 바빠지며 정신이 없고 비참하고 창피했다. 다시는 낙오하지 않겠다고 다짐하지만, 마지막 고비를 넘기지 못했다. 무릎 관절이 시큰거리고 아파서 달리기는 정말 큰 고역이었다. 상급생들의 체벌과 호통은 더욱 거세지고, 월요일이 다가오면 겁이 났다. 누구에게 하소연도 하지 못하고 서글픈 나날을 보내야 했다.

삼사 개월이 지난 어느 월요일, 그날도 두려운 마음으로 구보를 출발했다. 힘든 고비가 다가오자 이를 꽉 악물고 죽자 살자 버티었다. 조금씩 조금씩 버틴 사이에 마지막까지 달려서 10km를 완주하게 되었다. 얼마나 기쁘고 뿌듯하던지. 그런 나를 상급생들도 칭찬했다. 체력이 향상된 건지 상급생이 두려운 건지, 이후부터 완주는 계속되었고 생도 생활도 자신감이 생겼다. 한 학기가 끝나면서 휴가를 다녀왔고, 한 달간 하기 군사훈련도 받고 나니 10km 구보는 일상의 운동처럼 거뜬해졌다. 큰 고개 하나를 넘으면서 1학년이 끝나갔다.

2학년 때는 1학년 생도를 신경 쓰느라 나의 힘듦은 그냥 넘어갔고, 3학년이 되고부터는 일주일에 한 번 땀 흘리는 것쯤은 수양의 시간이었다. 4학년 때는 속보로 산책하는 것 같아 아무리 달려도 지치지 않았다. 백두산까지 달릴 것 같았고, 달리는 게 즐겁기까지 했다. 그토록 힘들었던 달리기가 이렇게 달라지다니,

나 자신도 놀랐다. 시골 초등학교 운동회 날 성인 마라톤대회에 참가하여 나의 달리기 실력을 보여 주고 싶었으나, 기회를 잡지 못해 뜻을 이루지 못했다. 지금도 아쉽기만 하다.

달리기는 군중 속의 고독이요 자신과 싸움이다. 달리기에는 무엇보다도 호흡조절이 중요하다. 처음부터 입은 다물고 코로 숨을 쉬어야 하며 복식호흡을 해야 한다. 그래도 달리면서 몇 번의 고비는 있게 마련이다. 첫 고비를 잘 조절해서 넘기면, 다음 고비는 쉬워진다. 몇 번의 고비를 넘기다 보면 완주는 물론 한없이 달릴 수 있게 된다. 세상에 달리기만 그러하겠는가.

고등학교를 갓 졸업한 새내기에게 육사 생활은 쉽지 않았다. 더구나 1학년 생도에겐 모든 게 낯설고 엄격하여 무척 힘겨웠다. 생도 생활과 학과 공부는 물론 체육과 군사학도 일정 수준 이상이 되어야 했다. 아울러 상급생들의 도가 넘치는 보살핌과 간섭은 정말 견디기 어려웠다. 그토록 힘든 1학년을 넘기고 나니, 다음은 견딜만하여 졸업까지 한 것이다. 첫 고비를 잘 넘기는 게 무엇보다 중요했다. 우리의 삶도 이와 비슷하리라.

고비를 넘기고 나니 달리기는 내 생의 즐거움이 되었다. 사뿐사뿐 달려도 온몸에서 땀이 적셔 오고 상쾌해진다. 걷기보다 달리기가 좋다. 언제까지 달릴 수 있을지 의문이지만.

(2016.)

편안한 친구와의 만남

라흐마니노프의 〈피아노 협주곡 2번〉을 듣는다. 피아노가 묵직하게 울리고 오케스트라가 그윽하게 이어진다. 분노와 격정 속에서 뭔가 재기하려 한다. 2악장은 애절하고 감미롭다. 몽환 상태에서 고뇌하며 밝은 세계로 뚜벅뚜벅 걸어 나간다. 3악장은 경쾌한 춤곡이다. 광명을 되찾아 희열을 느끼며 클라이맥스에서 장쾌하게 마무리한다. 나만의 느낌이다.

이 곡은 젊은 라흐마니노프가 교향곡 1번을 초연했으나 실패하고 실의에 빠져 있다가, 정신과 의사의 도움으로 재기하여 작곡한 첫 작품이다. 나는 선율이 감미로워 자주 들었으나, 작곡가의 깊은 고뇌가 깃들어있다는 것을 알고는 더욱 집중하여 듣는다. 음악 속에서 그의 고뇌의 숨결을 느끼고 싶었다.

아침에 일어나면 바로 서재로 가서 클래식을 튼다. 그윽한 선율이 방안을 가득 채우고 책장 속으로 스며든다. 그 방에서 나는 하루를 시작하며 책을 보거나 글을 쓴다. 운전하면서도 음악을 듣는다. 아름다운 선율은 언제 어디서나 다정하게 다가와 나를 포근하게 감싸고 신나게 한다.

직장에서도 사무실에 도착하면 바로 음악을 틀었다. 인터넷 카페에서 흘러나온 선율은 네모진 사무실을 부드럽게 채우며 숲속이나 호숫가로 이끌었다. 그 속에서 회의도 하고 결재도 하고 업무를 봤다. 직장 생활이 즐거워졌고, 복잡한 일도 쉽게 풀리는 것 같았다. 음악은 사람 사이도 다정하고 정감있게 해 주었다. 혼자 있는 사무실에 음악이 없었더라면 얼마나 삭막했을 것인가.

십여 년 전 친목 모임에서 클래식 얘기를 들었다. 어떤 선배가 출근하면 클래식을 듣고 업무를 시작한단다. 귀를 쫑긋했던 나는 다음날 사무실에서 그가 알려 준 음악 카페를 찾아가 본격적으로 듣기 시작했다. 장르별로 듣고 작곡가별로 들었다. 또 '한국인이 좋아하는 클래식 100선'을 선정하여 교향곡, 협주곡, 소나타 등 장르별로 듣는 데 2년이나 걸렸다. 클래식 관련 책도 몇 권 사서 보았다. 신비롭고 드넓은 음악 세계로 빠져들었고 뒤늦게야 만난 게 안타깝기도 했다. 그동안 내가 우물 안 개구리였다는 생각도 들었다.

클래식에 조예가 깊지 않았기에 처음에는 크고 웅장한 소리만 들려왔다. 하나의 곡을 몇 번씩 들어도 낯설고 생소하기만 했다. 한참 지나서야 조금씩 부드러워지고 작고 낮은 소리가 들리었다.

잔잔한 음을 더 잘 들으려고 사무실의 컴퓨터 스피커를 바꾸었고, 집에도 자그마한 오디오를 새로 장만했다. 음질이 좋아지니 마니아가 된 느낌이었다.

일 년에 몇 번씩 예술의전당이나 세종문화회관에 연주회를 보러 갔다. 그날의 음악을 몇 번이고 들어서 귀에 익히고 간다. 그러면 실황 연주 음악을 여유롭게 감상할 수 있고, 환상적인 하모니도 실감 나게 느낄 수 있다. 한결같이 밀고 당기는 활의 움직임과 혼을 다해 연주하는 모습에 넋을 잃기도 한다. 그 긴 악보도 보지 않고 벌과 나비처럼 춤추는 지휘자의 손동작은 또 얼마나 예술적인가. 높은 산에 다녀오면 그 기억이 평생 가듯이 좋은 연주회를 보고 나면 몇 년이 지나가도 생생하게 잊히지 않는다.

클래식은 작곡가의 애절한 절규가 담겨있는 소리 예술이다. 몇 백 년 전 작곡가의 생각과 고뇌가 악보와 연주가의 손길을 통해 음으로 전해지는 것이다. 그래서 선율 한 올 한 올이 더없이 소중하고 값지게 여겨졌다. 음악은 메마른 대지 위에 단비가 내리듯이 거친 감성을 부드럽게 어루만져 주었다.

나이가 들면서 다정한 친구들과 가까이 지낸다면 얼마나 바람직하겠는가. 그러나 직장에서 만났던 사람도 퇴직하면 멀어지고, 가까이 지냈던 친구들도 세월 따라 멀어지게 된다. 언젠가는 영원한 이별도 하겠지만, 가꾸지 않으면 계속 같이하는 게 쉽지 않다.

이십여 년 전 어느 날, 가까이 지내던 친구가 사무실로 전화를 했다. 휴대폰도 없던 시절이라 공중전화에서 걸려온 목소리는 자동차 소리와 뒤섞여 제대로 된 통화도 못하고 어정쩡하게 끊어졌다. 이후로 그 친구는 두문불출이다. 그가 나를 오해한 것 같아 지금도 목에 걸린다.

일상이 덜 외로워지려면 젊은 층의 벗이나 자연이나 음악과 같은 친구를 두는 것이 좋다고 한다. 늦게나마 나는 음악과 다정한 벗이 되었다. 클래식은 나의 편안한 친구이자 포근한 휴식처가 되었다. 내가 외롭고 힘들 때 위로하고 쉬게 할 것이고, 신나게 할 것이다. 피아노는 답답한 내 가슴을 시원하게 두드릴 것이고, 바이올린은 나의 심금을 애절하게 울릴 것이다.

편안한 친구와 한없는 사랑을 나누고 싶다. 정감 있는 나날을 보내고 싶다.

(2017.)

돌아온 걷기

아파트 가까이 있는 하천길을 걷는다. 도심 속 작은 하천이지만 강둑과 둔치에 잘 조성된 산책길이 안락하고 편안하다. 맑은 물이 흐르고 그 위에 오리와 거위들이 한가롭게 먹이를 찾는 걸 보면 어느 시골에 온 듯한 착각이 든다. 이어서 오솔길로 접어들면 벚나무와 플라타너스들이 터널을 이루고, 그 옆에는 소나무들이 울창하여 숲속을 걷는 것 같다. 비 오는 날 우산을 받쳐 들면 빗방울 부딪치는 소리가 타닥타닥, 가마솥에서 콩 볶는 소리처럼 정겹다. 생활 속에서 편안하고 여유롭게 즐길 수 있는 운동에 걷기만 한 것이 있을까.

자연 속에서 철 따라 걸으면 산해진미를 차례대로 맛보는 것 같다. 봄에는 마른 가지에서 새싹과 벚꽃이 터져 생기와 환희를 얻고, 여름에는 산과 들에서 뚝뚝 떨어지는 녹즙을 마신 것 같다. 가을에는 울긋불긋 색동저고리 입은 여인들 사이를 거닐고, 겨울에는 멀건 하늘에 앙상한 나뭇가지를 비춰 보며 세월의 무상함을 느낀다. 이전에도 걷기를 이토록 좋아했을까.

중학교 시절 집에서 8킬로 떨어진 학교를 걸어 다녔다. 열네댓 살 소년이 무거운 책 보따리를 메고 흙과 자갈로 울퉁불퉁한 신작로를 날마다 두세 시간씩 걸었다. 자동차가 지나면 하얀 먼지가 풀풀 날리고, 흐리거나 비 오는 날 골짜기를 지날 땐 귀신에게 홀릴까 봐 겁이 났다. 눈비와 북풍 속에서도 사시사철 걸어야 했으니 신발과 바지가 가죽이라 해도 당해내지 못했을 것이다. 집에 오면 파김치가 되었으니 얼마나 힘들고 고단했겠는가. 성공하여 돈 벌면 다시는 걷지 않으리라 마음먹었다.

그런데 고등학교 졸업 후 들어간 육사에서 그보다 더한 달리기를 해야 했다. 달리기는 생도들의 체력 단련을 위한 일상생활이었기에 4년 내내 달렸다. 처음에는 10km를 달리는데 다리가 천근이요 숨이 턱에 닿아 끊어질 것 같았다. 달리기는 걷기보다 더 큰 고통이었다. 그런 달리기가 점점 거뜬해지고 좋아지게 되었으니, 그사이 얼마나 많은 땀과 눈물을 흘렸겠는가. 그 덕에 사회에 나와서도 틈만 나면 달리기를 즐겼고, 공원과 들판을 거닐 때도 달리기를 했다. 걷기는 속도가 느려 신이 나지 않았고, 노인들의 운동이라고 마뜩잖아했다. 달리기를 취미로 삼으면서 걸어야 하는 등산은 잘 가지 않았다.

그러던 내가 다시 걷기를 좋아하다니, 어찌 가슴이 찔리기 않으랴. 처음에는 자동차 대신 자전거를 타는 것 같아 재미가 없었고 땀도 나지 않았다. 그런데 걸을수록 편안하고 자유롭고 묘미가 있었다. 걷는 동안 보이지 않던 것도 보이게 되었고, 떠오르지 않은 글귀나 생각도 풀렸다. 나른하고 울적할 때 걷고 나면 상쾌해졌다. 걷기 운동은 속도와 시간도 내 뜻대로 조절할 수 있었다. 경쟁이 없으니 옆 사람을 신경 쓰지 않아도 되었다. 탐탁지 않았던 걷기가 이토록 좋아지다니, 그동안 내가 변한 것일까.

날마다 산길과 하천길을 번갈아 가며 걷는 맛이 쏠쏠하다. 산길은 울퉁불퉁 꼬불꼬불 인생길을 걷는 것 같고, 조용한 숲속에서는 나무들의 숨소리도 듣는다. 굽히지 않고 서 있는 나무들을 보며 생의 의지를 배운다. 이따금 산봉우리에 오르면 큰일이라도 한 것처럼 감개무량하다. 이제는 북한산 원효봉(505m)에 올라가도 한라산에 오른 기분이요, 가까운 봉대산(96m)에 올라도 세상이 달리 보인다. 산길은 속도보다 천천히 걸으며 보고 듣고 느낄 게 많아서 좋다.

하천길은 굴곡이나 경사가 적어 걷기에 편하고, 물을 볼 수 있어 좋다. 잔잔한 물을 보면 마음이 차분해지고 부드러워진다. 흐르는 물을 보면 공자의 천상(川上)탄이 생각난다. "子在川上曰 逝者如斯夫 不舍晝夜(공자가 냇가에서 가라사대, 가는 자 이와 같음이니라 밤낮을 가리지 않으니)."

나도 물처럼 어디론가 흘러가고 있으리라. 그런데 하천길로 들어서면 나도 모르게 걸음이 왜 그리 빨라지는지. 걷기 좋은 길 때문일까. 젊은 시절 몸에 밴 습성 때문일까. 하천길이 걷기에 편하여 젊음을 갈망하는 몸부림이라면 어찌할 수 없는 일이다. 그러나 젊은 시절 습성 때문이라면 나는 아직 철들지 못한 것이다. 젊은 시절 좌우도 안 보고 앞만 보고 달리느라 주마간산(走馬看山) 격으로 중요한 것들을 많이도 지나쳤을 테니까.

젊은 시절 왜 그리 속도에 신경을 썼을까. 달리지 않으면 남에게 뒤지거나 인생의 낙오자가 될 것 같아서였다. 그런데 어느 시인은 뛰는 말이나 걷는 거북이나 기는 달팽이나 모두 새해 첫날 같이 도착했다고 한다. 그렇다면 좀 더 천천히 달렸더라도 별일 없었을 텐데. 달리면서 걷기도 하고, 테니스 하면서 산도 오르고 책을 읽으며 글도 썼더라면 얼마나 좋았을까. 강약과 완급을 조절할 수 있었으면 좋았을 텐데.

달린 다음 걷기는 격동 후 평온이요, 태풍 후 고요이다. 걸으니 발바닥에 닿는 감촉이 부드럽고, 땅속에서 울리는 숨결이 포근하다. 돌아온 걷기, 끝까지 걸을 수 있다면 무얼 더 바라겠는가.

(2020.)

김장 체험

늦가을 아침, 일찍 일어나 찬물에 무를 씻는다. 흙 묻은 무를 솔로 문지르니 갓 이발한 신사처럼 말쑥해진다. 시린 손도 잊은 채 두세 시간 쭈그리니 고행이 따로 없다. 깨끗해진 무는 다시 채칼 위에서 미끄럼을 몇 번 타더니 함박눈 같은 무채가 탄생한다. 밭에서 뽑아 온 무로 무채를 만들기도 쉬운 일이 아니다.

어제저녁에는 배추를 절였다. 배추의 속살을 보란 듯이 쪼개어, 소금을 뿌리고 소금물에 적셨다가 통에 담아 놓았다. 아침이 되니 그 싱싱하던 배추가 뜨거운 물에 데친 것처럼 풀이 죽어 있었다. 식물은 왜 소금에 맥을 추지 못할까. 아내는 절인 배추를 시간에 맞춰 물에 헹구느라 잠도 설쳤다고 한다. 간도 맞추고 아삭아삭 씹히는 맛도 살리기 위해서라니, 김장 전에 할 일도 한둘이 아니었다.

오늘은 40여 년 만에 우리 집에서 김장하는 날이다. 자녀의 첫 결혼식만큼 설레고 긴장되었다. 근래에 우리 김치는 처제가 도맡았으나, 올해부터는 손수 기른 채소로 우리가 직접 담그기로 했다. 마음만 먹으면 뭐든 할 수 있다고 호언장담하던 아내는 인터넷과 전화로 열심히 준비하더니, 김장 날 임박해서 팔이 아프다고 힘든 일은 몽땅 나에게 맡긴다. 동업자에게 속은 것같이 야속했지만, 이도 운명이려니 체념하며 순종을 한다. 맛있는 김치를 위해서라면 무얼 못하겠는가.

요리라면 일가견 있는 처제를 감독으로 초청했다. 김칫소부터 만들기 시작했다. 커다란 플라스틱 통 안에 두 여성이 각종 양념을 하나씩 쏟아부으면, 나는 양손에 고무장갑을 끼고 보슬보슬 뒤집으며 섞었다. 먼저 하얀 무채와 고춧가루를 넣고 버무렸다. 다음에는 새우젓·멸치액젓·꼴뚜기젓과 생새우·생오징어·배·홍시를 차례대로 쏟아붓는다. 그다음으로 파·마늘·생강·청각과 찹쌀죽·삶은 호박·명태 삶은 육수가 부어진다. 한꺼번에 쏟지 않고 나누어 붓는 것은 골고루 잘 섞이라는 뜻이란다. 양념들이 쏟아질 때마다 뭉개지지 않도록 위로 펼치며 뒤집기를 반복하려니 힘이 들었다. 거기에 아내의 잔소리까지 가세하니, 부처님이라도 매스꺼웠을 것이다.

어느새 양념들이 어우러져 빨갛고 먹음직스러운 김칫소가 만들어졌다. 음악을 작곡하기 위해 악기를 조율하고 음계를 갖춰 놓는 것 같다고 할까. 밭에서 하는 일도 아니고 호텔 같은 아파트

거실에서 앉아서 하는데도, 온몸이 뻐근하다. 김장이 이렇게 힘들 줄이야.

드디어 아내와 처제는 배추에 김칫소를 버무린다. 하얗고 노란 배춧잎이 새색시 단장하듯 빨갛게 물이 든다. 오선지에 조율된 음계를 넣으며 교향곡을 작곡한 것 같다. 보기만 해도 군침이 당기고, 뭔가 울컥 터질 것 같다.

어느새 잘 버무린 김치 한 잎이 내 입으로 들어온다. 배추 주인에 대한 배려이리라. 손수 기른 채소로 직접 담근 김치. 모차르트의 교향곡 41번이 울려 퍼지더니, 맛깔스러운 김치 맛이 입안을 감돈다. 이렇게 맛있는 김치를 세상 어디서 만날 수 있으랴.

김치는 여러 양념이 혼합된 종합 맛 세트이다. 단맛·짠맛·신맛·쓴맛·감칠맛이 잘 조화된 한 편의 교향곡이다. 한두 가지 맛으로는 참다운 김치 맛이라 할 수 없다. 시간이 지날수록 숙성되어 맵고 떫은 것도 부드러워지며 깊은 맛이 든다. 우리 사회도 다양한 생각들이 김치처럼 어우러져 깊은 맛을 낼 수 있다면 얼마나 좋을까.

감미로운 김치는 재료부터 좋아야 한다. 맛있고 싱그러운 재료를 얻으려고 나는 일 년 내내 준비했다. 무·배추·파와 고추·호박을 직접 가꾸며 영글고 잘 익도록 정성을 다했다. 김장 전에 갑자기 기온이 내려가자, 한밤중에 밭으로 달려가 추위에 떨고 있는 배추를 뽑아 들여오기도 했다. 살아있는 새우로 추젓을 담아놓았고, 김장 전날에도 생새우를 구하느라 이리저리 뛰어다녔다. 좋은 재료를 마련하느라 공을 들였다.

이렇게 힘든 김치를 지금까지 받아먹기만 했다. 예전에 김장했던 사람도 요즈음은 힘들다고 사서 먹는다는데, 우리는 이제야 김장을 체험했다. 그러나 이제라도 얼마나 다행스러운 일인가. 김장 체험을 하지 않았더라면 지금까지 그 속에 담겨있는 정성과 노고를 알지 못했을 것이다. 김치를 먹을 때 싱싱한 배추와 빨간 고추가 눈에 아른거리지 않을 것이요, 김장하느라 애쓴 모습도 떠오르지 않을 것이다. 고사 사전에 "백번 아는 것은 한 번 행하는 것보다 못하다(百知이 不如一行)"라는 말을 추가하면 어떨까.

날마다 내가 먹고 대하는 것 중에서 숨어있는 노고를 모르는 것이 어디 김치뿐이겠는가. 매일 접하는 커피 한 잔도 머나먼 아프리카의 천오백 미터 고지에서 재배하여, 익은 걸 따서 벗기고 말리며 품질을 가려 볶고 빻는 등 수많은 손길을 거쳐서 비로소 마시게 되는 것이다. 날마다 마시는 수돗물 한 모금도 태백산에서부터 흘러나온 물을 고도의 정수 처리와 수많은 검사를 거치고, 일정한 압력으로 가정까지 보내지고 있다. 세상에 단 하나라도 그냥 만들어지는 게 있겠는가.

맛깔스러운 김치 한 잎 밥 위에 얹어 씹으며 천장 한 번 쳐다본다. 정성 들인 김치 맛을 음미하며 훈훈한 겨울을 맞이하고 싶다.

(2017.)

수영과 테니스

작은 손가방 하나 들고 건물 안으로 들어선다. 정해진 시간 내에 입수하려고 부지런히 서두른다. 실내 샤워장에 들어가 몸을 씻고 수영복으로 갈아입으니 맨몸의 청춘이다. 성소(聖所)에 들면서도 이토록 정갈하게 하고 갈까. 다시 따뜻한 물로 몸을 데운 후, 말끔한 사람들만 드나드는 마지막 관문을 통과한다. 혼자서 묵언수행 하듯 함묵하고 행한다.

널따랗고 드높은 실내 수영장, 확 트인 공간에 들어서면 가슴속까지 시원하다. 갑자기 달나라나 별천지에 온 것 같다. 맑은 물에서 물장구치는 모습은 보기만 해도 신이 나고, 너나없이 수영복만 입고 활보하는 광경에 눈이 휘둥그레진다. 멀리 피서지에서나 펼쳐질 장면이 도시 한복판에서 벌어지다니. 나도 요지경 속으로 끼어들었다.

나에게 맞는 수준의 레인 앞에서 간단한 스트레칭과 심호흡을 한 다음, 조심스레 물속으로 들어간다. 차가운 기운이 온몸을 감돌다가 이내 상쾌해진다. 수영 대열의 앞뒤 간격을 살피고는 나도 열심히 휘저으며 그 속에 합류한다. 물이 부드럽고 편안하고, 물속은 고요하고 신비롭다. 레인을 몇 번 오가면 숨이 찬다. 그러나 점점 포근해지고 유연해지고 친해지는 것을 느낀다.

그러나 수영은 외로운 운동이다. 여러 사람이 물속에서 함께 수영하지만, 마라톤이나 달리기처럼 각자 하는 운동이다. 수영 중에는 옆 사람이 힘들어도 도와줄 수 없고 얘기는 더더욱 나눌 수 없다. 나는 레인 끝에서 잠깐 쉴 때도 시선 둘 곳이 마땅찮아 천장이나 창문을 바라보며 고독을 달랜다. 수영장에 아는 사람이 없어 군중 속에서 홀로 외롭기만 하다. 그러니 무슨 즐거움을 느낄 수 있겠는가.

수영은 테니스만큼 재미가 없다. 편을 나누어 시합하는 것도 아니고 어울리는 사람도 없으니 신이 나지 않는다. 운동은 자고로 재미가 있어야 오래 할 수 있다. 그래도 흥미를 유발하려고 나는 50분에 레인을 몇 바퀴 도는지, 한 바퀴 도는 데 몇 분이나 걸리는지 벽시계를 보아가며 수영을 한다. 나의 최고 기록과 비교하며 성취감과 분발심을 느낀다. 나 자신과 경쟁하지만, 어제의 기록을 유지하기도 쉽지 않다. 그러다 보면 한 시간은 금방 지난다. 한적한 휴일에는 여유롭게 수영하고 출렁대는 물결에 반사되는 햇빛을 즐기기도 한다. 그러나 그 즐거움이 어찌 테니스와 비교할 수 있으랴.

테니스는 어울리며 즐기는 운동이다. 테니스장에 도착하면서부터 동호인끼리 왁자지껄 떠들고 웃는다. 살아 있는 볼을 스트로크로 치는 것도 신이 나지만, 게임을 하면 더욱 재미있다. 시합을 하며 자기 편끼리 격려도 하고 상대편에게 조크도 한다. 우리 편이 이기면 더 즐겁다. 운동 후 음식이나 차를 나누는 뒤풀이는 또 다른 기쁨을 준다. 혼자 사는 것보다 함께 살아야 살맛 나는 것처럼 어울리며 정을 나눈다. 그러니 테니스장에서 고독이나 외로움을 느낄 새가 있겠는가.

그러나 테니스는 힘든 운동이다. 튀는 볼을 받아치려고 이리저리 뛰어다니며 온갖 순발력과 근력을 동원해야 한다. 몇 시간을 뛰고 나면 온몸은 녹초가 되고 집에 오면 금방 곯아떨어진다. 무리하게 하다가 팔과 다리와 허리가 아파서 한동안 쉬기도 한다. 그런데도 나는 볼을 부드럽게 다루기보다 세게만 치려고 했으니. 결국은 팔이 아파 30년 동안 즐기던 테니스를 접게 된 것이다. 그래서 찾은 게 수영장이었다.

힘들기는 수영도 마찬가지이다. 어린 시절 시골에서 헤엄 치던 생각을 하며 조금만 노력하면 되는 줄 알았다. 그런데 처음에는 25m 레인을 한 번 가기도 힘이 들었다. 테니스로 굳어진 뻣뻣한 팔과 다리 때문인지, 아무리 휘저어도 몸은 나아가지 않고 숨만 찼다. 또한 생도 시절에 배운 자유형과 평형은 잊히지 않았지만,

당시 익히지 못한 배영은 얼마나 어려웠던지. 이제야 간신히 할 수 있지만 아무래도 편치 못하다. 또 수영 속도를 조금이라도 더 내려 하면 물속에서 달리기하는 것처럼 힘이 들어 경련이 일어날 것 같다. 수영을 과하게 하고 나면 특별하게 아픈 부위는 없지만, 온몸이 고루 고단하면서 몸살이 나려 한다. 수영은 몸 전체를 유연하게 하지만, 결코 쉬운 운동이 아니다.

혼자서 하는 수영은 외롭고 재미가 적지만, 온몸을 부드럽게 하는 전신 운동이다. 테니스는 여럿이 어울리며 재미가 넘치지만, 부분적으로 매우 힘이 드는 운동이다. 수영과 테니스는 아주 다른 운동이었다. 그러나 달리 바라보니 두 운동은 상호 부족한 부분을 보충해주는 보완 운동이 아닌가. 외로움과 어울림, 덤덤함과 즐거움, 부드러움과 딱딱함. 두 운동을 번갈아 한다면 몸에 무리가 가지 않는 환상적인 콤비 운동이었다. 내 젊은 시절 죽도록 테니스만 할 게 아니라 수영도 같이했더라면, 지금까지 두 운동을 함께 즐길 수 있었을 텐데.

한 가지 운동을 고집하면서 재미는 있었지만, 무리하게 힘이 들어가 오래 가지 못했다. '빨리 가려면 혼자 가고, 멀리 가려면 여럿이 가라.'라는 아프리카 속담이 떠오른다.

(2018.)

단돈 2천 원

얼마 전 동네 한의원에서 허리 통증 치료를 받았다. 침을 맞고 물리 치료까지 한 시간 남짓 받았는데 단돈 2천 원이란다. 귀를 의심하여 다시 물었으나 경로 우대 금액이라고 한다. 친절한 진료에 치료비까지 저렴하니 더는 바랄 게 없지만, 너무 낮으니 미안한 생각이 들었다.

진료비 2천 원이라면 사실 거저 치료한 게 아닌가. 그 돈으로 어떻게 이 넓은 사무실과 직원들을 관리할지 걱정스러웠다. 내가 오는 게 혹시 폐가 되지 않을까 눈치를 살폈으나, 그건 아닌 것 같았다. 더구나 그날 지갑을 가져오지 않아 외상까지 했으니, 얼마나 겸연쩍었는지 체면이 말이 아니었다.

매일 가는 실내 수영장 입장료도 2천 원이다. 공공기관에서 운영한다지만 사설 수영장의 4분의 1밖에 되지 않으니, 거저나 다름없다. 한번 입장하면 1시간 동안 실컷 수영하고 따뜻한 물에 샤워까지 할 수 있어 일거양득인 셈이다. 저렴하니 부담 없어 좋지만, 혹시라도 무슨 혜택을 받지 못할까 염려스러울 정도이다.

단돈 2천 원. 그 돈으로 도시에서 무엇을 할 수 있을까. 이리저리 찾아봐도 그리 많지 않다. 시내에서 커피 한 잔 마시기도 어렵다. 자판기나 캔 커피는 가능하겠지만, 카페에서 앉아 마시려면 최소한 4,5천 원은 있어야 한다. 일반 버스는 탈 수 있지만, 직행버스는 타지 못한다. 내가 좋아하는 아이스크림이나 단팥빵 한 개 정도는 겨우 살 수 있으나, 조금 부드럽거나 색다른 맛은 보기 어렵다. 사실 그 돈은 어린아이에게 주어도 크게 달가워하지 않는 금액일 것이다.

그러나 2천 원이 어떤 이에게는 적은 금액이 아니다. 어려운 사람은 그도 마련하기가 쉽지 않다. 어떤 사람은 땀을 뻘뻘 흘리며 폐지를 모아야 한다. 나도 이따금 수중에 단돈 1천 원이 없어 쩔쩔매고 당황할 때가 있다. 지갑을 집에 놓고 빈털터리로 나올 때 그렇다. 얼마 전 수영장에 들어가려는데 지갑을 가져오지 않아 그냥 돌아와야 했고, 주차비까지 외상을 하였다. 모르는 사람에게 꾸어 달라고 할 수도 없어 참으로 막막했다. 중학교 시절에는 먼 길 통학하면서 동전 두 닢이 없어 8킬로를 걸어서 다녔다. 그때 동전 두 닢은 지금 2백 원쯤 되었을 것이다. 그리 보면 단돈 2천 원도 소중한 금액이 아닌가.

적다면 적고 크다면 큰 2천 원, 그러나 한의원 진료비나 수영장 입장료로는 아무리 따져봐도 너무 싸다. 그들은 물론 건강보험사에서 추가로 받거나 공공 예산으로 운영하겠지만, 나이가 들었다고 나는 많은 혜택을 받는 것이다. 이 얼마나 고마운 일인가. 2천 원 내고 많은 덕을 보아서인지, 나는 그곳을 다녀오면 생기를 얻고 살맛이 난다.

단돈 2천 원도 어떻게 쓰느냐에 따라 가치가 다를 것이다. 요즘 2천 원이면 코로나19를 예방할 마스크를 한 개 사고도 남는다. 저렴한 물품을 취급하는 곳에서는 몇 가지 물품을 살 수도 있다. 우리 동네 가까운 전철역 부근에서는 붕어빵을 4개나 살 수 있다. 한 개는 내가 걸어오면서 따끈하게 먹고, 나머지는 아내가 아껴가며 이틀 동안 행복에 겨워하며 먹는다. 자신도 보호하고 행복도 얻고, 단돈 2천 원도 쓰기 나름이지 않은가.

그렇다면 2천 원을 어떻게 쓰는 게 가장 가치가 있을까. 나는 한 달에 한 번 정도 동네 이발소에 간다. 적은 숱의 머리지만 단정히 깎고 면도하면 한 달 동안 기분이 상쾌하다. 이발을 마치고 돈을 주면서 면도한 아주머니에게 아이스크림 하나 사드시라고 2천 원을 추가로 건넨다. 1만3천 원 이발료에 그 정도면 적당할 것 같아서. 아주머니는 고마워한다. 이발소 사장 주머니에도 2천 원을 찔러준다. 주인아저씨는 빙그레 웃기만 한다. 그날 기분이 좋아지라고 손님이 주는 감사 표시다. 다른 곳에서 2천 원을 팁으로 준다면 자기를 무시했다고 기분 나빠 할 텐데 고맙게 받으니 얼마나 다행인가. 나 또한 커다란 자선이라도 베푼 양 흐뭇해하며 집으로 돌아온다. 단돈 2천 원 이상의 효과를 본 것이리라.

엊그제 봄날에는 시골 읍내 씨앗 가게에 들러 2천 원 주고 상추씨 한 봉지를 샀다. 그날 밭에다가 절반은 뿌렸고, 나머지 반은 동네 아주머니에게 주었다. 씨앗을 뿌린 다음 물을 주고 이제나저제나 싹이 트기를 기다리는 것은 얼마나 즐거운지. 아울러 보드라운 상추가 봄철 내내 우리 식탁을 싱싱하게 만들 것으로 생각하면 가슴이 설렌다. 단돈 2천 원. 이보다 더 유용하게 쓸 수 있을까.

2천 원이면 지하철 입구나 지하도에서 동전 몇 개만 놓인 바구니에 천 원짜리 지폐를 두 번이나 넣을 수 있다. 천 원짜리 지폐가 떨어지는 순간 그 사람은 속으로 얼마나 기뻐하겠는가. 지폐를 놓은 사람은 큰 자선이라도 베푼 것처럼 흐뭇해할 것이다. 2천 원을 유니세프에 기부한다면 세계 어려운 어린이에게 식수와 먹을 것을 도와줄 수 있다. 단돈 2천 원. 누군가를 기쁘게 하고, 누군가에게 한 톨의 밀알이나 한 모금의 생명수가 된다면 더 이상 바랄 게 무엇 있겠는가.

오늘도 나는 단돈 2천 원으로 무엇을 할까 생각한다. 수영을 갈까, 붕어빵을 살까, 동전뿐인 바구니에 넣어 줄까. 단돈 2천 원을 어디에 쓸까 찾는 것은, 거금 쓸 곳을 찾는 부자처럼 뿌듯하고 즐겁다.

(2020.)

사라진 사진들

그곳에 있으니 안심이었다. 확실하게 저장되어 든든했다. 퇴직 무렵에야 여유롭게 만난 절경과 생에 한 번밖에 없는 순간들을 부지런히 찍어 두었다. 소중한 추억들이 저금통장처럼 차곡차곡 보관되니 뿌듯했다. 그러나 세상 어디에도 절대 안전한 곳은 없었다.

모처럼 스마트폰에 저장된 사진을 보려 하니 열리지 않았다. 아무리 매만져도 열리기는커녕 저장 공간이 부족하니 비우라는 메시지만 떴다. 할 수 없이 '일부 파일을 지울까요'라는 칸을 터치했다. 순간 저장된 사진이 몽땅 사라져 버린 게 아닌가. 몇 년 동안 부지런히 담아 둔 2천여 컷의 사진들이 일순간에 지워져 버린 것이다. 뒤통수를 한 대 맞은 것같이 머리가 하얘졌다. 애지중지 찍고 담았던 사진들을 다시 볼 수 없다니 가슴이 휑해졌다. 잡고 있던 생의 끄나풀이 뚝 끊어진 것처럼 허망하고 허전했다. 살맛이 나지 않았다.

스마트폰을 아무리 매만지고 인터넷을 뒤져봐도 지워진 사진을 복구할 수 없었다. 포기하려 하니 가슴이 더 쓰리고 아프다. 몇십 년 동안 벼르다가 갔던 중국 장가계의 기암절벽과 절경들은 어찌한단 말인가. 스페인과 태국을 여행하면서 이색적인 풍경과 색다른 유적들의 정경들을 어디서 다시 만나랴. 역사에 기록될만한 사진이 있을지도 모르는데.

몇 년 전에 아내와 같이 여행한 미국 그랜드 캐니언의 장엄하고 아름다운 장관들을 열심히 담아 두었다. 그리고 비행 교육 중인 아들이 조종하는 소형 비행기를 타고 미국 상공을 날면서 찍기도 했다. 지난해에는 많은 축하객 속에서 거행된 아들 결혼식 장면도 있었다. 아들 내외가 신혼여행을 다녀와서 큰절하며 활짝 웃는 모습은 지금도 눈에 선하다. 영광스러운 내 장면들도 있었다. 마지막 직장에서 회사 직원들과 함께 지냈던 순간들과 수필과 시 두 문단에서 등단하는 모습도 있었다. 생에 두 번 다시 없을 일들이었다.

어느 것 하나 소중하지 않은 게 있으랴. 생각할수록 안타깝고 애석하다. 저장되어 있을 때는 언제나 볼 수 있어 든든해서 잘 보지 않았는데, 사라지고 나니 더욱 보고 싶고 그리워진다. 찍어만 놓고 자주 못 본 게 후회스럽고 가슴이 쓰려 일이 손에 잡히지 않는다.

초등학교 2,3학년 무렵, 젖먹이 때 돌아가신 아버지 모습이 무척 궁금했었다. 나는 왜 아버지가 없을까, 얼굴은 어찌 생겼을까, 키는 얼마나 클까. 잘생겼다는 어머니의 말은 정말일까. 사진이라도 한 장 있으면 좋겠다고 생각했었다. 그러던 어느 날 서랍 한구석에서 낯선 증명사진 한 장이 나타났다. 스포츠머리에 굳게 다문 입술과 온순한 눈빛의 여린 청년. 사진은 색이 누렇게 바래 잘 보이지 않았고, 하도 작아 손가락으로 집기도 어려웠다. 그래도 신기해서 보고 또 보았다. 그러나 실감이 나지 않았고, 더 잘 보고 싶었다.

우리는 가까운 사진관에 확대해 달라고 증명사진을 맡겼다. 얼마 후 대학 노트 크기의 사진이 나왔는데, 크게 실망했다. 증명사진보다 더 부옇고 희미해서 차마 볼 수가 없었다. 어머니도 보기 싫다며 한쪽으로 치워 놓으셨다. 확대된 사진은 끝내 안방 벽의 가족사진 액자 속에 끼지 못하고 어디론가 사라져 버렸다. 객지 생활 한참 후에야 그 사진이 없어진 것을 알고 나는 얼마나 안타까워했는지. 그 증명사진이라도 있었기에 내가 아버지 얼굴을 어렴풋이 떠올릴 수 있었는데. 그 사진이 없었다면 다음 세계에서 만난다 한들 어찌 알아볼 수 있겠는가. 그런 사진들이 몽땅 없어졌으니 얼마나 애석한 일인가.

사진이 없어지면 지나온 추억들도 잊히는 것일까. 사진이 없어도 그때 증명사진에서 본 모습이 떠오르고, 시골 동네에서 뛰놀던 장면들이 선한 걸 보면 완전히 사라지는 건 아닌 것 같다. 잊지 못할 추억이나 감격스러운 장면들은 뇌와 가슴속에 깊이 새겨져 있으리라. 이가 없으면 잇몸이 단단해지듯이 사진이 없으면 뇌가 잊히지 않으려고 더 열심히 새겨두지 않을까. 사진처럼 선명하지 못하고, 시간이 지날수록 희미하게 되겠지만.

사진은 물체의 형상을 찍어 오랫동안 보존할 수 있는 영상이다. 그러기에 여행이나 일상에서 간직하고픈 장면이나 추억을 열심히 찍곤 한다. 좋은 경치를 만나면 감상보다 사진 찍기에 바쁘다. 그러나 한 번 찍어 놓으면 안심하고 잘 열어보지 않는다. 요즈음은 스마트폰이 있어 언제 어디서나 찍을 수 있지만, 그도 무한정 찍는 건 아니었다. 저장 공간이 문제였다. 찍은 후에는 컴퓨터나 다른 저장 장치에 보관해 두어야 했는데, 내가 어찌 그걸 알 수 있었으랴. 이제 후회한들 소용이 없다.

사라지고 없어지고 나면 그립고 아쉬운 게 어찌 사진뿐이랴. 잘 보이고 들리고 걷고 움직이던 우리 신체도 어느 날 기능을 하나씩 잃으면 얼마나 불편한가. 사랑도 명예도 사라지고 나면 얼마나 가슴이 아픈가. 있을 때는 당연한 듯 고마운 줄 모르다가 떠나고 나면 더 소중하고 그립고 아쉽다. 알면서도 만나고 헤어지고 찍고 사라지고 반복을 거듭하고 있다. 나는 또 무엇을 지키지 못하고 안타까워할 것인가.

언제 사라질 줄 모르는 사진을 또 찍고 있다. 저 멀리 겨울이 오고 있는데 무엇을 담으려 하는가. 구름이 흘러가며 말없이 웃고 있다.

(2017.)

5

그대가 춤추면

그랜드 캐니언

그랜드 캐니언의 '마더 포인트' 전망대에 들어섰다. 광활한 삼림 속에 장엄한 대협곡이 눈 앞에 펼쳐진다. 아찔한 절벽의 황갈색 단층들은 시루떡을 떼어 놓은 것 같고 웅대한 기암괴석들이 끝없이 전개되어 있다. 위치마다 각양각색의 모습들이 경이롭고 신비하다. 드넓고 웅장하고 다양한 자태에 입이 다물어지지 않는다. 유구한 세월 동안 대자연이 빚어 놓은 걸작품이 아닌가.

협곡은 폭이 최대 32킬로요 깊이는 1.6킬로나 되고, 길이는 서울에서 부산보다 긴 446킬로라고 한다. 얼마나 널따랗고 웅대한가. 말로 표현할 수 없고 상상하기도 어렵다. 거대한 협곡 앞에 선 나는 코끼리 앞의 개미처럼 왜소할 뿐이다. 이토록 어마어마한 대협곡이 어떻게 만들어졌을까. 자연의 섭리라고만 하기에는 너무 모호하고 애매하다. 조금 왼쪽으로 걸으니 저 아래 멀리 희미하게 콜로라도강이 보인다. 예약하면 그곳 강까지 내려갈 수 있다고 한다.

이곳 전망대에 오기 전에 관광용 경비행기를 타고 대협곡을 둘러보았다. 공중에서 내려다보니 양쪽으로 푹 꺼진 협곡 안에 각종 기물을 전시해 놓는 것 같았고, 그 안에 실개천 같은 콜로라도강이 굽이굽이 흐르고 있었다. 강물은 협곡의 심장부를 부드러운 곡선으로 유유히 흐르다가, 곳곳에 폭포를 만들기도 하고 넓은 못으로 퍼지기도 하며 아리따운 자태를 뽐내고 있었다. 이는 감미로운 바이올린의 선율이 잔잔히 흐르기도 하고 스타카토의 피아노가 중간 중간 두드리기도 하고 그윽한 첼로가 폭넓게 울려 퍼지는 것 같기도 했다. 대협곡 안에 이런 강이 흐르다니 뜻밖이요 신이 내려준 자연의 조화라고 생각하였다.

이 거대한 협곡, 그랜드 캐니언은 20억 년 전부터 이 지역의 화성암과 변성암층이 압축되고 비틀어지고 솟구치고 가라앉는 지각 변동이 일어났고, 바다와 늪지로 변하면서 퇴적층도 형성되었단다. 7천만 년 전에는 조산(造山) 운동으로 지각이 3,000m 이상 솟구치고 계곡이 생성되었다. 이후 콜로라도강물이 흐르면서 오랫동안 침식작용이 일어나 지금의 대협곡이 이루어졌다고 한다.

부드러운 콜로라도강물이 이토록 거대한 협곡을 만들었다니 놀라지 않을 수 없다. 물은 알다시피 여러 가지 특성이 있다. 그 중에서 부드럽고 낮은 곳으로 흐르는 성질이 이토록 거대한 작품을 만든 게 아닌가. 콜로라도강물은 부드럽게 낮은 곳을 향하면서 어떤 장애물을 만나더라도 멈추지 않고 계속 흘렀을 것이다. 강물은 부드럽고 낮은 자세로 흐르면서 평지에서는 온화하게, 급경사나 낭떠러지에서는 급류나 폭포로, 홍수 시에는 무서운 힘으로 변하여 단단한 지반도 침식시켰을 것이다. 물이 죽처럼 말랑했다거나 분수처럼 위로 솟아올랐다면, 지금과 같은 대협곡은 만들어질 수 없었을 것이다.

옛 선인들은 물이 낮은 곳으로 흐르는 이 부드러운 성질을 온유와 겸손, 인내와 끈기가 있다고 일컬으며 많은 교훈으로 삼았다. 노자(老子)는 도덕경에서 "상선약수(上善若水)-선의 가장 이상적인 상태는 물과 같은 것"이라고 했다. 사람은 물처럼 남과 다투거나 경쟁하지 않고, 낮은 곳으로 흐르면서 겸손해야 한다고 했다. 또 "약지승강 유지승강(弱之勝强 柔之勝剛)-여린 것이 단단한 것을 이기고, 부드러운 것은 굳센 것을 이긴다."라고 했다. 그렇다면 이곳 대협곡은 옛 선인들의 얘기가 그대로 실현된 곳이 아닌가. 아니면 선인들이 이곳을 인지하고 그런 교훈을 얻어낸 것일까.

나는 젊은 시절 몸과 마음을 부드럽고 겸손하기보다는 강하고 절도있게 하려고 애를 썼다. 걷는 것보다는 달리기를 주로 했고, 테니스공은 부드럽게 치기보다는 강하고 세게 치려고 했다. 나이가 들면서 걷기가 몸과 마음을 부드럽게 한다는 걸 알게 되었고,

팔이 아프면서 테니스공을 부드럽게 치는 것이 관절에 무리가 없다는 걸 알게 되었다. 처음부터 부드러워진다는 건 어려운 일이었다.

사무실에서도 복잡하고 어려운 일일수록 애매하여 시류에 휩싸이기보다는 명쾌하고 신속하게 결론을 내어 처리하는 것이 최상인 줄 알았다. 한참 후에야 자신감이 넘치고 결단력이 강하면 주변 사람들에게 많은 상처를 입힌다는 것을 알게 되었다. 복잡하고 어려울수록 다소 시간이 걸리더라도 중지를 모으고 지혜를 짜내어 물 흐르듯 자연스럽게 처리하는 것이 좋은 것이었다. 부드럽고 겸손하면 자신감이나 소신이 부족한 듯 보이지만 사람들과 마찰이 적고 호응이 좋다는 것을 알게 되었다. 그러나 젊음이 넘치고 심신이 굳어진 상태에서 물처럼 부드럽고 겸손한 행동은 생각처럼 쉬운 일이 아니었다. 진즉 이곳에 와서 강물이 낮은 곳으로 흐르면서도 이토록 거대한 협곡을 만들었다는 것을 알았더라면 더 부드럽고 겸손했을지 모른다는 생각이 들었다.

콜로라도의 강물은 지금도 대협곡 안에서 부드럽게 낮은 곳을 향해 흐를 것이다. 먼 훗날 더 큰 위대함을 이룩하려고.

(2015.)

루빈의 잔

한 해가 저물어가는 어느 토요일, 테니스를 마치고 농수산물시장으로 달려갔다. 웬일인지 그날따라 생선회가 먹고 싶었다. 시장에는 사람들로 북새통을 이루었고, 산지에서 갓 올라온 채소들과 과일들이 풍성하게 펼쳐있었다. 수산물 쪽에는 두 눈 부릅뜬 물고기들이 바다가 그리운 듯 좁은 수족관 안에서 뱅글뱅글 헤엄을 치는가 하면, 어떤 것들은 바닥에 바짝 엎드려 사색에 잠긴 듯했다. 그들 행동에는 안중에 없이 나는 계절의 진미라는 방어 한 마리를 골라 회를 뜨고, 탕거리는 봉지에 담아 집으로 가지고 왔다. 싱싱하고 구수한 맛에 취하리라 기대하면서.

주방에서 비닐봉지를 열어 본 아내의 표정이 마뜩잖아했다. 탕거리를 보고는 얼굴을 찡그렸다. 나는 화가 치밀어 입을 다문 채 방으로 들어와 버렸다. 그런데 가만히 생각해 보니, 지금까지 집에서 맛있는 매운탕을 먹어본 적이 없었다. 보기에는 그럴듯하게 식탁에 오르지만 맵고 짜기만 하여 구수한 맛과는 거리가 있었다. 첫 숟가락을 뜬 내 표정을 살핀 아내도 실망이었다. 그러길 몇 번, 이후에는 집에서 매운탕을 맛볼 수 없었고, 노란 냄비도 잊은 지 오래다. 그런데 느닷없이 탕거리를 들여댔으니, 얼마나 못마땅했겠는가.

아내가 끓인 매운탕은 왜 맛이 없을까. 맛 있는 매운탕은 육수부터 다르다. 북어 머리나 육류로 국물을 우려내고 갖은양념과 보조 재료로 비린내를 없애고 감칠맛을 낸다. 매실 원액이나 청주까지 동원된다. 그런데 아내는 맹물에 기본양념과 기초 재료만 넣고 간도 잘 맞추지 못했으니, 어떻게 구수한 매운탕 맛이 날 수 있겠는가. 나는 아내의 매운탕 솜씨가 못마땅했고, 음식 솜씨 좋은 가정을 부러워하기도 했다.

구수한 맛이란 다양한 재료가 조화를 이루어 입맛을 잡아끄는 은은한 맛이 아니던가. 기본양념과 기초 재료로 담백하고 단순한 맛이 나는 매운탕, 어쩌면 융통성이 부족한 그의 성품과도 비슷했다. 곧이곧대로 행하는 것 때문에 힘들기도 했지만, 달리 보면 이는 순수하다는 의미일 것이다. 때 묻지 않고 순박하다는 것은 좋은 일이다. 부족한 점도 시각을 달리하니 좋은 점이 된다는 생각이 들었다.

관점을 달리하니 아내의 장점이 여럿 보였다. 집에서 어떤 불화가 있더라도 아침은 꼬박꼬박 챙겨 주었다. 할 일이 있으면 머뭇거리지 않고 바로 행하는 추진력과 상황에 대처하는 순발력도 있다. 사람들과 어울리는 친화력도 월등하여 나의 부족함을 많이 채워주었다. 아내 자랑은 팔불출이라지만 관점을 바꾸니 새로운 면이 보이기 시작했다. 그런 아내에게 매운탕을 기대하기는 무리인 것 같아 가지고 온 탕거리를 밖에 내다 버렸다. 매운탕을 포기하니 생선회가 더 싱싱하고 달콤하였다.

작년 가을 중국 장가계를 여행했다. 높은 바위산을 깎아 황금 벽화를 그려 놓았고 기암괴석들로 탑을 쌓아 놓은 것 같았다. 그 들 끝에 아슬아슬 서 있는 소나무들의 곡예는 볼수록 마음이 조인 절경이었다. 이런 비경을 못 보았더라면 얼마나 안타까운 일이었을까. 하나라도 놓칠까 봐 우리 팀 가이드를 부지런히 따라다니며 열심히 듣고 적고 찍었다.

40여 명의 우리 팀은 다른 관광객과 섞여 케이블카와 버스를 갈아타며 높은 산길을 오르내렸다. 팀 가이드는 한 사람의 일행이라도 놓치지 않으려고 비좁고 복잡하고 가파른 산길을 앞뒤로 뛰어다니며 땀을 뻘뻘 흘렸다. 나이와 성별과 성격도 제각각인 일행들에게 경관 하나라도 더 보여 주려 하고 일일이 사진까지 찍어 주며 성심성의껏 안내를 했다. 가이드 덕분에 우리 팀은 모두 안전하고 즐거운 여행을 마쳤다.

지금까지 가이드는 자기 직업이고 우리는 모처럼 관광을 와서 비용을 지급했으니, 그가 열성을 다해 애쓰는 건 당연하다고 생각했다. 그런데 가이드의 일상을 들어보니 매번 밖에서 숙식하느라 차분히 가정생활을 못 한다고 한다. 가이드도 건강하고 행복해야 여행객도 즐겁고 안전하게 여행하리라 생각되었다. 그가 무척 고마워 귀국해서 고맙다는 문자를 보냈다. 답이 없으면 어떠랴. 수고한 그에게 작은 희망과 용기가 되었으면 좋겠다.

그때 여행은 비행기 안에서도 설레고 신이 났다. 기내에서 상냥한 미소로 친절하게 시중드는 승무원들이 유난히 눈에 띄었다. 자기 집에서는 감히 생각지도 못할 일들을 주문하는 승객에게 성의를 다하고 있었다. 비록 직업이긴 하지만 좁은 공간에서 애쓰고 있는 게 내 자식처럼 안쓰럽게 느껴졌다. 이전에는 사소한 것도 주문하여 대접받으려 했으나, 그들도 귀한 자녀라고 생각하니 정작 필요한 것도 주문할 수 없었다. 그들이 건강하고 행복해야 승객들도 안전하고 즐거운 여행이 될 것 같았다. 그들에게 고맙다 감사하다는 말을 자주 해 주었다.

사람이나 사물을 어디에 중점을 두고 보느냐에 따라 달리 보인다. 젊은 시절에는 나를 중심으로 내 입장 위주로 생각해 왔다. 세상은 내가 중심이요 내가 제일이라고 여겼다. 나이가 들면서 관점이 달라졌다. 상대방 위치에서 바라보고 사물의 처지에서 생각하니, 세상이 새롭게 보이고 상대가 크게 보인다. 하얀 잔으로 보였던 '루빈의 잔'이 마주 보는 두 여인으로 보이기 시작한다. 관점을 어디에 두느냐에 따라 일상사가 달리 보인다. 폭넓고 부드럽게 보는 것이 중요한 것 같다.

시각을 달리하면 낮에도 별이 보이고 밤에도 무지개가 보인다고 한다. 루빈의 잔으로 따뜻한 커피 한 잔을 마신다. 세상이 훈훈하고 아름답게 보이지 않는가.

(2015.)

그대가 춤추면

토요일 아침 동호인들과 테니스 게임을 한다. 내 파트너는 맞은편에서 빠르고 어렵게 날아온 볼을 멋지게 받아쳐서 득점한다. 나는 "나이스!"라고 환호한다. 치기 쉬운 볼을 그가 실수하더라도 "오케이!"라고 격려하자 그는 더욱 신이 나서 우리 팀을 승리로 이끈다. 게임이 끝날 때까지 나는 쉴 새 없이 칭찬하고 격려를 한다.

젊은 시절 그토록 발이 빠르고 지칠 줄 몰랐던 내가 이순을 넘어서니 내 볼은 약해지고 상대방의 빠른 볼은 받아치기가 어렵다. 세월이 무상하지만 이기면서 재밌는 게임을 하려면 잘 치는 동호인과 같은 편이 되어야 한다. 그러면서 파트너에게 아낌없는 성원을 보내주어야 한다.

지금까지 나는 테니스만큼 좋아한 운동은 없다. 테니스는 무엇보다도 재미있고 운동량이 많아 스트레스 해소에 제격이다. 시간과 비용에서도 경제적이고 동호인들과 격의 없는 농담으로 어울리는 분위기도 좋다. 확 트인 테니스장에 들어서면 신이 절로 나고 마음이 넓어져 칭찬은 자연스레 나오게 된다.

예전에 다니던 직장은 테니스장처럼 신이 나지 않았다. 짜인 조직 속에서 언행에 신경을 써야 했고 공무를 빈틈없이 처리하느라 긴장을 늦출 수가 없었다. 조그마한 실수도 범하지 않으려고 직원들이 잘못한 것이 없는지 살피곤 했다.

특히 교량이나 지하철을 건설할 때는 밀리미터까지 표기된 설계도면을 보며 공사가 제대로 시행되고 있는지 점검하며 관리해야 했다. 몇 해에 걸쳐 시행되는 대형 건설 공사는 고급기술자부터 단순 인력까지 많은 사람이 한시적으로 모여 각종 자재와 장비를 때맞춰 동원하여 구조물을 설계대로 만들어야 한다. 자칫 과오나 착오가 발생하기 쉽고 한 번 잘못되면 뒷수습이 얼마나 힘든지 상상조차 할 수 없었다. 그래서 공사 현장을 순찰할 때는 잘된 곳보다는 잘못된 곳이 없는가를 주시했고 기술자들의 마음이 해이해질까 봐 칭찬은 절제하곤 했다.

캔 블랜차드가 공동으로 저술한 ≪칭찬은 고래도 춤추게 한다≫라는 책에서 육중한 고래를 고공으로 높이 뛰게 하고 갖가지 묘기도 보이려면 고래에게 칭찬을 계속해야 한다고 쓰여 있다. 사람들에게도 잘한 것을 알아내어 칭찬하는 '고래 반응'을 보이면 일이 잘되고 긍정적인 효과가 있지만, 잘못한 것을 잡아내는 '뒤통수 반응'을 보이면 좌절시킬 수도 있고 부정적인 영향이 있다고 한다. 그런데 대부분 사람은 고래 반응보다는 뒤통수 반응에 익숙해 있다는 것이다.

결혼 전에는 그토록 좋게 보이던 아내의 행동이 결혼 후에는 베일이 벗겨지기 시작했다. 급한 성격과 자기의 일상은 좀처럼 양보하지 않으려는 아내. 몇 가지만 바꾸면 좋은 아내가 될 것 같아 지적하면 고쳐지기는커녕 인정조차 하려 들지 않아 분란이 심심찮았다. 아내가 잘한 것은 당연하게 여기고 거슬린 일은 늘어가기만 했다.

그러던 아내가 요즘 춤을 춘다. 나이가 더할수록 한 마디도 지지 않고 기선을 잡으려던 아내에게 지금까지 당신은 아침을 꼬박꼬박 잘 챙겨 주었고, 출근할 때 입을 옷도 잘 다려주었고, 음식 솜씨도 수준급이라 했더니 얼굴이 환해지며 엷은 미소를 띤다. 찬 바람이 쌩쌩 불던 아내가 금세 부드러운 훈풍으로 바뀐 것은 근래 보기 드문 대반전이다. 이렇게만 하면 세상에 다툴 일이 별로 없을 것 같다.

젊은 시절 상급자에게 칭찬을 받으면 나는 신이 나서 일을 했다. 나도 다른 사람이 잘한 것은 으레 칭찬해 주었지만 잘못한 것은 지적해서 고쳐야 좋은 줄 알았다. 뒤돌아보니 상대방을 칭찬하는 것은 좋지만 사소한 잘못은 넘어갔어야 좋았고, 지적은 좀 더 신중했어야 했다. 책에서는 상대방의 잘못을 지적하려면 책망하지 않으면서 정확하게 설명하고 지속적인 신뢰와 확신을 표현해야 한다고 말한다.

처음 사랑에 빠져들면 "눈에 콩깍지가 쓰인다."라고 한다. 어떤 사람을 아주 좋아하게 됨으로써 다른 것은 신경 쓰지 않는다는 말이다. 지나친 고래 반응일지 모르지만, 사람을 만나서 눈에 콩깍지가 씐 다음에는 그 콩깍지가 벗겨지지 않는다면 얼마나 좋을까 생각해 본다.

나이가 들면 고래 반응은 자연스럽게 나올까. 우리 속담에 사촌이 땅을 사면 배가 아프다는 말이 있는 걸 보면 그렇지도 않은 것 같다. 좋지 않은 일을 당한 사람에게 위로하기는 쉬워도 잘나가는 사람에게 칭찬하기는 쉽지 않은 것 같다. 무엇보다도 자신이 여유로운 마음과 배려하는 마음을 가져야 고래 반응도 쉽게 나올 것이다. 나이를 먹을수록 마음이 넓어지고 부드러워져야 하는 데 반대로 몸과 마음이 점점 굳어지고 한쪽으로 기울어지고 있는 것은 아닌지 걱정스럽다.

못다 한 고래 반응, 이제라도 마음껏 발휘해 보고 싶다. 그대가 춤추면 나도 즐겁지 않겠는가.

(2016.)

언제 무소식이 희소식일까

오늘도 기다리던 전화는 오지 않는다. 안부 문자도 없다. 기껏 해야 자동차로 30분 거리이건만 한번 들르기는커녕 일주일째 감감무소식이다. 얼마 전까지만 해도 한솥밥을 먹었는데 벌써 소원해진 것인가.

아들이 결혼해서 분가하면 홀가분하고 편할 줄 알았다. 그러나 눈에 보이지 않으니 더 궁금해하고 보고 싶다. 식사는 잘하고 운동도 열심히 하는지. 둘이서 싸우지 않고 알콩달콩 지내고 있는지. 다 큰 자식을 왜 이리 궁금해하고 기다린단 말인가. 아들은 태평한데 우리만 이렇게 애태우는 것은 아닌지.

전화도 조심스럽다. 어쩌다 통화가 되면 아들의 목소리에 우리 내외는 흔들린다. 아들의 목소리에 힘이 있으면 우리도 환해지지만, 힘이 없으면 온몸에서 맥이 빠진다. 전화로 아들의 기분을 진단하는 것은 아내가 탁월하다.

아들은 두 달 전 결혼을 했다. 결혼식 날 아들은 당당하고 행복한 모습이었다. 밝은 웃음을 띠고 주례 앞으로 힘차게 걸어갔고 묻는 말에도 우렁차게 대답했다. 취직도 했으니 마음이 홀가분할 것이다.

작년 초 아내와 나는 미국 여행길에 올랐다. 그랜드 캐니언을 비롯한 여러 곳을 관광한 후 피닉스란 도시로 향했다. 몇 개월 전 그곳에 처음 온 아들은 공항에서부터 우리를 능숙하게 안내했다. 숙소에 도착하니 낯선 교육을 받느라 혼자 애쓴 모습이 역력했다. 마음이 쓰렸다.

다음 날 우리는 경비행기에 올랐다. 아들은 조종사요, 나는 부조종사 자리에 앉고 아내는 뒷좌석에 승객으로 앉았다. 미국 상공에서 비행기를 운전하며 쭉 뻗은 고속도로와 아름다운 주택 단지, 널따란 산야를 내려다보니 감개무량했다. 계기를 조작하고 관제소와 교신하느라 분주한 아들을 보고, 전혀 낯선 분야에서 하늘을 날기까지 얼마나 고생했을까를 생각하니 연신 눈물이 흘러내렸다.

한 시간 정도 날아가 착륙하여, 주변을 둘러보고 식사도 하고는 출발지로 돌아왔다. 자가용 비행기로 미국을 여행한 것 같아 말할 수 없이 뿌듯했지만, 힘든 교육을 받는 아들을 두고 귀국하려니 발이 떨어지지 않았다. 편한 길 두고 고생을 사서 한 것 같아 안쓰럽기만 했다.

대학원을 마치고 재취업을 준비하던 아들이 어느 날 조종사가 되겠다고 했을 때 나는 몹시 당황했다. 전혀 새로운 길을 다시 시작하다니 얼마나 힘이 드는 일인데…. 그러나 심각한 취업난 속에서 아들이 겪고 있는 고통은 이만저만이 아니었다. 취업이 안 되니 제 방에서 은둔하며 부모 눈치까지 보고 있었다. 처음엔 내가 눈총을 주었으나, 취업해서 결혼도 해야 할 아들의 입장을 보면 딱하기도 했다. 힘들 때 도와주고 터를 잡도록 북돋워 주는 게 부모의 역할인 것 같았다. 우리는 아들의 뜻을 들어주기로 했다.

낯선 땅에 아들을 보내 놓고 걱정하며 잠을 설친 지 일 년. 아들은 그 어려운 조종사 면허를 취득하고 금의환향했지만, 취업은 쉽지 않았다. 몇 단계의 심사와 시험을 거쳐 최종적으로 합격했을 때 우리는 얼마나 기뻤는지 모른다.

자식은 부모에게 어떤 존재인가. 낳아서 기르고 자라서 성인이 될 때까지 순간순간 가슴을 졸이지 않을 때가 없었다. 자식은 보석과도 같은데, 그 보석을 어떻게 보호하고 닦아서 제빛을 발하게 할지 고심하고 또 고심했다. 일찍 여의어 '아버지'를 한 번도 불러보지 못한 나였기에, 다정하고 자상한 아버지가 되고 싶었고 아들의 외풍을 막아 마음껏 날개를 펼칠 수 있도록 도와주고 싶었다.

나는 아들에게 시간이 걸리더라도 자기 일을 스스로 하는 독립

심과 어려움을 견디는 인내심을 길러주려고 했다. 무엇을 강요하기보다 혼자서 느끼고 깨달을 수 있도록 도와주려 애썼다. 그러기 위해서는 눈앞에서 너무 칭찬하거나 너무 엄격하지도 않은 감정의 절제가 필요했었다.

이제 아들은 부모의 그늘에서 벗어나 창공을 날며 푸른 꿈을 펼칠 것이다. 험난한 세파를 잘 극복하고 힘차게 뻗어나가길 바란다. 지금부터는 건장한 남아로 새롭게 태어나도록 놓아둘 것이다.

이제 인내하며 기다리련다. 무소식이 희소식이 될 때까지.

(2016.)

모차르트와의 만남

모차르트의 바이올린협주곡 3번을 듣는다. 감미롭고 경쾌한 선율이 온몸을 감싼다. 그가 19세에 작곡한 음악이다. 바이올린 협주곡 다섯 곡을 모두 그해에 작곡했다니 어찌 천재라 아니할 수 있겠는가. 이 곡을 들을 때마다 그를 만났던 일들이 엊그제처럼 떠오른다.

오스트리아 여행은 모차르트와의 만남이었다. 그의 음악을 마술에 걸린 듯 좋아했기에 더욱 설레며 여행을 떠났다. 먼저 비엔나에 있는 쇤브룬 궁전에 들렀다. 합스부르크 왕가의 여름 궁전이라고 하는데 얼마나 넓고 아름답고 화려하던지. 방이 무려 1,441개나 된다고 한다. 그중 한 방에서 6살짜리인 모차르트가 황제 앞에서 피아노를 연주했다. 꼬마의 깜찍한 연주 솜씨에 모두가 놀랐을 것이다. 어떻게 이런 신동이 탄생할 수 있단 말인가. 그의 아버지는 역시 말할 수 없이 뿌듯했을 것이고, 훌륭한 음악가로 키우겠다고 몇 번이고 다짐했으리라. 모차르트가 연주했던 방에 들어서니 그의 피아노 소리가 들리는 듯했다.

비엔나커피를 한 잔 마시고는, 성스테판 대성당을 둘러보았다. 장엄한 모습은 많은 신비를 품은 듯 침묵으로 일관했다. 모차르트는 이곳에서 결혼식을 올렸다. 당시 그는 더없는 기쁨과 행복에 취했을 것이다. 그런데 10년 후 그곳에서 그의 장례식을 다시 치르게 될 줄을 그 누가 알았겠는가. 성모 마리아만이 묵묵히 지켜보고 있었으리라.

우리 일행은 대성당 인근에 있는 6백여 년 된 식당으로 들어갔다. 당시 자주 들렀다는 유명 음악가들 사진이 곳곳에 걸려 있었다. 모차르트의 사진을 보면서 우리는 그와 같이 저녁을 먹었다. 그리고 이동하여 몇몇은 옛날 영주가 살았던 저택에서 실내악 연주를 감상했다. 휘황찬란한 샹들리에 불빛을 받으며 눈앞에서 연주되는 모차르트의 피아노 사중주를 들으니 살아있는 물고기를 손으로 움켜쥔 듯 생동감이 넘쳐흘렀다. 당시 영주도 이런 기분이었을까. 다음 날에는 길겐이란 마을에도 들러 모차르트의 어머니 생가도 보았고, 누이 '란네를'이 살았던 집에서 모차르트 음악을 들으며 점심을 먹기도 했다. 산속 고요한 호숫가에도 모차르트의 숨결이 스며 있었다.

드디어 잘츠부르크에 있는 모차르트의 생가를 방문했다. 다른 사람들은 시내를 구경했지만, 나와 아내는 노랗게 표시된 건물

3층으로 올라갔다. 그가 17세 때까지 살았던 집이다. 내부에는 당시 사용된 가구들과 유품들이 잘 진열되어 있었다. 그가 직접 작성했다는 악보도 보았고 아버지에게 쓴 깨알 같은 편지도 있었다. 악보에 수정된 부분이 거의 없는 것은 그의 뛰어난 천재성 때문이라고 한다.

그가 사용했던 피아노 앞에 섰다. 순간 나는 온몸에 전율이 흐르고 꿈에 그리던 임과 마주친 것처럼 꼼짝할 수 없었다. 그토록 아름다운 선율을 만들어 냈던 바로 그 피아노가 아닌가. 피아노 협주곡 21번이 흘러나온다. 지난해에는 피아노협주곡 27곡이 담긴 CD를 사서 빠져들기도 했다. 피아노소나타 20곡은 또 얼마나 간결하고 감미로웠든지. 그의 피아노 음악은 이후에 더욱 가슴을 두드릴 것이다.

모차르트는 신동이었다. 4살 때 누나의 피아노 연주를 그대로 따라 하고, 5살 때는 작곡해서 주위 사람들을 놀라게 했다. 8살 때 교향곡 1번을, 11살 때는 오페라를 작곡했다. 14살 때는 음악가들이 〈미제레레〉라는 곡을 듣고 아무도 악보로 옮기지 못했는데, 그는 13분 동안 듣고는 단번에 옮겼다고 한다. 정말 믿기지 않는 일이었다.

그는 35년 동안에 600여 곡 이상 작곡했다. 장편소설 격인 교향곡을 41편이나 썼다. 교향곡을 8세 때 쓰기 시작하여, 17세 때에 영화 〈아마데우스〉에 나오는 25번을 썼고, 32세 한 해에는

3편이나 썼다. 교향곡 39번은 닷새 만에, 40번은 한 달 만에, 41번 '주피터'는 한 달도 안 걸렸다. 베토벤은 9편의 교향곡을, 하이든은 104편을 썼다. 하이든의 절반도 살지 못하면서 절반 가까운 교향곡을 썼다니, 놀라운 일이 아닌가.

그의 천재성은 과연 어디서 왔을까. 먼저 타고난 재능이 있었다. 바이올리니스트요 작곡가요 궁정음악 감독인 아버지 레오폴드 모차르트의 음악이 태교 음악이 되었다는 것이다. 그리고 그가 6살 때부터 14여 년 동안 아버지와 같이 유럽 각지를 여행하면서, 여러 음악가를 만나고 음악회에 참석하면서 다양한 음악을 스펀지처럼 빨아들였다. 여행으로 천재적 음악성이 완성되었다고 여겨진다. 아울러 자신의 노력도 대단했다고 한다. 가난하여 직장과 돈 문제로 고통받고 주교와 갈등으로 어려웠는데도 작곡할 때는 무서울 정도로 몰입과 집중을 했다. 천재는 타고난 것만으로 완성되지 않았다. 타고난 천재성에 아버지가 도왔고 자신의 노력이 더해져 최고의 천재 음악가가 된 것이다.

후세 사람들은 천재 모차르트의 음악을 들으며 더없는 위안을 받는다. 그가 태어나지 않았더라면 세상은 지금보다 훨씬 더 삭막하지 않았을까. 고맙고 감사하다고 몇 번이고 고개를 숙이며, 그의 생가를 빠져나왔다.

그런데 천재성도 없고 아버지 도움도 못 받고 노력도 부족한 나의 글쓰기는 어떠한가. 뒤늦게 만난 글쓰기는 아무리 애를 써도 '뛰어봐야 벼룩'이라는 생각이 든다. 모차르트 생가에서 사 온 바이올린협주곡을 몇 번이고 들으며 그의 천재성을 느껴보려는 것은 무슨 까닭일까. 행여 멋진 글 한 편이라도 써지길 기대하는 건 아닐는지.

(2019.)

위대한 업적 이루려면

스페인 세비야 대성당은 장엄하고 아름답다. 16세기 초에 백여 년 넘게 건립한 고딕식 건축물이다. 바티칸의 성베드로대성당, 런던의 세인트폴 대성당과 함께 세계 3대 성당중 하나이다.

성당 내부로 들어서니 드높은 천장과 널따란 공간으로 탄성이 절로 나온다. 그곳에 치장된 장식물 중 보물과 예술품이 아닌 게 없다. 폭 18m, 높이 27m의 중앙 제단에는 순금으로 예수 일대기를 조각해 놓았다. 수십 톤이나 되는 그 순금은 도대체 어디서 난 것일까.

우리 일행은 성당 안을 둘러보다가 한 조각상 앞에 섰다. 네 사람이 어깨에 관(棺)을 메고 서 있다. 콜럼버스의 관이라고 한다. 고개를 들고 있는 앞의 두 사람은 그를 지원한 왕이고, 고개를 숙이고 있는 뒤의 두 사람은 그를 반대한 왕이란다. 관이 땅에 묻히지 못하고 떠 있는 것은 그의 유언 때문이라는데, 그는 무슨 연유로 그런 유언을 했을까. 스페인 여행 내내 궁금증은 머릿속을 떠나지 않았다.

콜럼버스는 1451년 이탈리아 제노바에서 태어났다. 그는 황금과 향료를 위해 인도로 가려면서, 대서양을 동쪽이 아닌 서쪽으로 항해하는 계획을 세웠다. 엉뚱한 계획으로 후원자를 구하지 못하다가 간신히 스페인 이사벨 여왕의 허가를 받아, 1492년 3척의 배에 90명을 싣고 출항했다. 처음 가는 바닷길, 가도 가도 끝이 없는 망망대해였다. 지칠 대로 지친 선원들의 불만이 고조되어 폭발할 무렵, 70일 만에 산살바도르라는 섬을 발견했다. 얼마나 기쁘고 감격스러웠겠는가. 그는 신비스러운 섬을 샅샅이 탐험하고, 3개월 후 귀국했다. 이때 태풍을 만나 죽을 뻔했다. 신대륙 발견은 집념의 소유자인 콜럼버스만이 이룰 수 있는 기적이었다.

이후 그는 세 차례나 그곳을 항해했다. 2차 항해 때는 1,200명이 함께 갔으나, 충분한 황금을 얻지 못하고 식량난과 환자 발생으로 이민자들의 불만이 컸다. 3차 항해 때에는 전염병 확산과 이민자들 반란으로 그는 총독 지위도 박탈당하고 포승되어 본국으로 송환되었다.

그 당시 그의 심정이 어떠했으랴. 마지막 항해 시에는 배가 좌초되어 또 죽을 고비를 겪었다. 겨우 스페인으로 돌아와 총독 지위 회복과 약정된 보상을 받으려고 백방으로 노력했으나 뜻을 이루지 못하고, 1506년 55세로 세상을 떠났다. 죽음을 무릅쓰고 신대륙을 발견하고 탐험했건만, 지위 회복은커녕 보상도 받지 못했으니 그는 얼마나 억울했겠는가. 오죽하면 스페인에 묻지 말고 신대륙 히스파니올라에 묻어 달라는 유언까지 했을까. 충분히 이해하고 남는다.

그의 유언으로 자기 유해는 한 군데 머무르지 못했다. 처음에 스페인 바야돌리드에 묻혔다가 세르비아 성당으로 옮겼다. 신대륙 산토도밍고에 300여 년 머무르다 쿠바로 갔다. 지금의 세비야 대성당에는 120여 년 전에 옮겨졌다고 한다.

그런데 150여 년 전에 산토도밍고에서 그의 유해가 발견되었다고 하며 거대한 기념관을 세워 안치하고 있단다. 산토도밍고와 세비야 두 곳에서 지금도 유해의 진위를 확인하고 있다니, 도대체 어떻게 된 일인가. 인제 와서 그의 유해를 서로 안치하려는 이유는 무엇인가.

콜럼버스의 신대륙 발견은 우리 모두 알고 있는 것처럼 세계사를 바꿔 놓는 거대한 사건이었다. 신대륙 발견으로 스페인은 엄청난 세력과 식민지와 황금을 얻어 곳곳을 금은보화로 장식하는 부를 축적했고, 근래에는 곳곳에 그의 동상을 세워 영웅시하고 있다. 그러나 신대륙 중남미 처지에서 보면 그는 냉혹한 침략자일 뿐이었다. 그 당시 인명 학살은 엄청났다. 여러 문명과 제국이 스페인에 의해 무참히 멸망 당했고, 300여 년 이상 식민지배를 받으며 인명과 문물은 물론 전염병 등으로 말할 수 없는 고통과

피해를 봤다. 오래 전 나는 중남미를 방문하여 확인하였다. 콜럼버스는 자기가 행한 신대륙 발견이 이토록 엄청난 영향과 폐해로 역사를 바꿔 놓으리라 예상이나 했을까.

그가 항해 중 날마다 쓴 ≪콜럼버스 항해록≫을 보면, 그의 탐험 행적과 개척 정신은 정말 대단하다. 당시 동력이 없는 배가 바람과 나침반만으로 대서양을 횡단했고, 갖은 역경을 무릅쓰고 황금과 향료를 얻기 위한 탐험은 계속되었다. 그는 대단한 탐험가임은 틀림없다. 그런데 그 탐험은 과연 누구를 위한 것이었을까. 스페인 왕국을 위한 것이었을까, 자신의 부와 명예를 위한 것이었을까.

어떻든, 그가 마지막 유언을 다르게 했더라면 어떠했을까. '나는 스페인을 사랑합니다. 신대륙도 사랑합니다. 내가 발견한 신대륙에도 원주민이 살기 좋은 곳으로 만들어 주세요.'라고 유언했더라면. 엉뚱한 나의 상상일지 몰라도 역사는 달라지지 않았을까. 이후 신대륙에서 피비린내 나는 살상은 일어나지 않았을지 모르고, 그의 유해가 몇백 년 동안 대서양을 오가거나 지금처럼 허공에 떠 있지 않았을지도 모른다. 그렇다면 그는 정말 위대한 탐험가로 평가받았을 게 아닌가.

역사적으로 아무리 거대한 업적을 이루었을지라도 기본적으로 공공을 사랑하는 바탕이 없으면 좋은 평가를 받지 못할 것이다. 인류와 자연과 지구와 우주를 사랑하는 정신이 깔려 있어야만 진정으로 위대한 업적, 훌륭한 인물로 평가받을 것이다.

그는 지금 공중에 떠서 무슨 생각을 하고 있을까. 아직도 지위 회복과 보상을 요구하고 있을까, 아니면 미흡했던 유언을 다시 하고 싶을까. 그를 힘겹게 떠받들고 있는 조각상과 순금으로 제작된 중앙 제단 장식품이 눈에 선하다.

(2017.)

겨울 별장

이번 겨울은 유난히도 춥다. 며칠째 영하 10도 이하의 날씨가 이어져 대지가 굳어지고 강물도 얼어붙었다. 가만히 있어도 살을 에는 듯하고 숨이 막힐 것 같다. 젊은 날 그토록 시련을 주던 추위는 이 겨울에도 나를 흔들고 있다.

겨울인데도 밭으로 달려갔다. 허허로운 겨울 들판도 바라보고 밭고랑에 쌓인 눈도 보기 위해서다. 계속되는 혹한에 별장의 안부도 궁금하였다. 도착하여 문을 여니 물방울 소리가 들리지 않는다. 방안을 둘러보니 싱크대 바닥부터 수도꼭지까지 물이 꽁꽁 얼어붙었지 않은가. 얼지 말라고 떨어뜨린 수돗물이 절벽 위에 고드름처럼 장관을 이룬다. 하수관도 얼어버렸고, 냉골 방에 있는 나도 금방 얼어버릴 것 같다.

사방을 둘러봐도 물이 없다. 다행히 냉장고 안에 생수 한 병이 맑은 모습으로 살아 있는 게 아닌가. 더울 때 차가운 냉장고가,

추울 때는 얼지 않은 온장고가 되어 막다른 골목에서 희망을 준다. 커피 포트에 물을 끓여 수도꼭지에 붓고 전기난로를 가까이 쏘여 놓았다. 한참 있으니 싱크대 수돗물이 터졌다. 얼마 후 화장실에 수돗물이 나오고 하수구도 뚫렸다. 움츠렸던 마음이 점차 풀리면서 희망이 보였다.

그런데 싱크대의 하수구는 뜨거운 물을 아무리 부어도 꿈쩍하지 않는다. 싱크대 안의 뜨거운 물이 플라스틱 하수관 내부로 전달되지 못한 것이다. 저녁이 되어도 뚫리지 않아, 얼지 말라고 떨어뜨린 수돗물이 싱크대를 넘칠까 잠을 잘 수 없었다. 다음 날 일찍 헝겊 조각을 긴 철사 끝에 묶어 하수관 내부 물을 적셔 짜냈다. 숟가락으로 호숫물을 퍼낸 격이라고 할까. 수십 번이나 짜내고 뜨거운 물을 부어도 기미가 없었다. 할 수 없이 철물점으로 달려가 기구를 찾아내어, 하수관 내부 깊은 곳의 물을 뽑아내었다. 그리고 뜨거운 물을 부었더니 '펑' 소리와 함께 막힌 구멍이 일시에 뚫린 게 아닌가. 얼마나 통쾌하던지. 이틀 동안 막혔던 내 가슴도 뚫렸다. 사색하고 휴식하러 찾아온 겨울 별장이 이리 힘들게 할 줄이야. 별장이 원망스럽고 부담스럽기까지 했다.

다음 날 해 질 무렵에야 간신히 아파트로 돌아오니, 아내는 별장과 밭뙈기 때문에 생고생한다며 당장 처분하라고 다그친다. 그것을 없애고 단순하고 편하게 살라는 공자 말씀이시다. 이틀 동안 시달리며 지쳐있는데 위로는커녕 속까지 뒤집는다. 그토록 소중하게 여겼던 별장을 정녕 애물단지처럼 여기며 처분해야 할 것인지 생각해 본다.

부푼 꿈으로 어렵게 마련한 컨테이너 하우스 별장이 겨울이면 몸살을 했다. 첫 겨울에는 화장실 변기가 동파되어 수리비가 많이 들었고, 다음 해에는 물을 조금씩 흘렸더니 수돗물값이 턱없이 나왔다. 이후에는 동결 방지용 열선을 감아놓아 버텨왔는데, 이번 추위를 감당하지 못한 것이다. 매번 이처럼 힘들게 한다면 어쩔 수 없이 처분해야 할 것 같다는 생각도 든다. 법정 스님의 무소유가 간편할 것이고, 단순하게 살라는 아내 말씀도 명언인 것 같다.

그동안 시골에 작은 공간 하나 갖기를 얼마나 소망했던가. 남들 보기에는 초라하기 짝이 없을지라도, 퇴직 무렵에야 꿈을 이루었다. 한 시간 거리에 텃밭 딸린 별장. 말만 들어도 그럴듯하다. 처음에는 한 시간 거리가 좀 먼 듯했으나 퇴직 후 다녀보니 아주 적당하다. 연푸른 합판과 갈색 지붕으로 아담한 별장. 지난 봄에는 출입문 주변에 목제 발코니를 설치했더니, 가마에 비단천을 두른 것같이 깜찍하고 부티가 났다. 별장에서 바라본 먼 산과 들판은 또 얼마나 시원하고 아늑한지, 어느 휴양지도 부럽지 않다.

별장에서의 사계절은 어떠한가. 봄에는 노란 민들레꽃 옆에서 씨뿌리고 모종 심으며 한 해를 시작한다. 여름이면 꽃 피고 열매를 맺고, 가을에는 작물을 수확하며 보람을 느낀다. 겨울에는 텅 빈 들판에서 허허로움과 여유로움을 즐긴다. 자연 속에서 생기를 얻고 공간 속에서 휴식하며 사색한다. 별장을 오가며 스치는 풍경 또한 즐거움을 준다. 일주일에 한두 번 여행하는 느낌이 든다.

이런 별장을 겨울 한철 힘들다고 처분해야 할 것인가. 애지중지하던 애완동물이 몸이 아프다고 병원에도 가지 않고 당장 처분해야 맞는가. 한 철 내가 신경 쓰면, 나머지는 별장이 나를 안락하게 해 줄 텐데. 이런 공간이 없다면 나는 얼마나 삭막할 것이며, 무슨 낙이 있단 말인가. 처분한다는 것은 너무 아쉽고 허망하다는 생각이 든다.

상주하지 않은 간이 농막에 겨울에도 수돗물이 얼지 않도록 한다는 건 쉬운 일이 아니다. 더 쉽게 관리하는 방법은 없는 것일까. 겨울에 수도 계량기를 잠그고 물을 빼놓았다가, 사용할 때만 트는 방법도 있을 것 같다. 세상에 좋은 점만 있는 게 어디 있으랴. 불편하고 어려울 때 돌봐주고 참아 준다면 더 깊은 정이 들 것이다. 부족하고 약한 걸 채우고 보완한다면 더 좋은 공간이 될 것이다.

미흡한 둘이서 서로 보충한다면 오랫동안 함께하는 친구가 되리라.

(2018.)

그 집 앞에 서서

오래전에 살았던 옛집을 찾아보았다. 부근을 지나는데 당시 일들이 파노라마처럼 펼쳐져 그냥 지나칠 수 없었다. 그때 그 집이 그대로 있을까, 아니면 커다란 빌딩으로 바뀌었을까. 낯선 서울에서 터를 잡고 뿌리를 내리려고 발버둥을 쳤던 그 시절, 생각만 해도 가슴이 설레고 벅차올랐다.

큰길에서 조금만 들어가면 내가 살았던 집이요, 강산이 네 번이나 바뀌어도 당시 그림이 선명하기에 눈 감고도 옛집을 찾을 줄 알았다. 그러나 진입로가 일방통행으로 바뀌었고, 단층집들이 2, 3층으로 높아져 그 집을 찾기란 쉽지 않았다. 골목길을 이리저리 헤매다가 간신히 그 옛집 앞에 차를 세웠다. 그런데 내 집이 있던 자리에 3층짜리 다세대 주택 건물이 들어서 있는 게 아닌가. 30평 정도로 작은 그 땅에 건물이 꽉 차게 들어앉았다. 옆집과 맞은편 집도 따로따로 다세대 주택이 들어서 막다른 골목길이 더

비좁게 보였다. 작은 뚝배기 그릇에 계란찜이 넘치는 모습처럼 답답하게 여겨졌다. 모두 합쳐서 좀 더 넓고 여유롭게 지었더라면…. 몇십 년 전에 헤어졌던 첫사랑 애인이 가난에 찌들어 사는 것 같아 짠하고 안타까웠다.

그 집은 결혼 3년 만에 서울에서 처음으로 내 문패를 달았던 집이었다. 아담하고 포근한 집. 기회 있을 때 잡으라는 셋방 주인 아주머니의 권유로 전세와 융자를 얻어 집주인과 직접 계약을 했다. 융자가 겁이 났지만, 맞벌이로 갚기만 하면 낯선 땅에 터전을 잡는 일이었다. 계약 다음 날 주문한 문패는 신문지에 싸서 사무실 서랍 속에 넣어 두었다.

잔금을 치르고 이삿짐을 옮기자마자 대문에 문패부터 달았다. 하얀 바탕에 까만 글씨. 한자 글씨가 맞는지 반듯하게 걸렸는지 몇 번이고 살피면서 기둥에 못을 박았다. 낡은 철제 대문보다 문패가 더 빛나 보였다. 출근할 때 쳐다보고 퇴근할 때 만져 보고, 밤늦게 들어오면서도 망설임 없이 벨을 눌러댔다. 손바닥만 한 마당을 밟고 거실로 들어설 때면 넓은 정원을 지나 대궐로 들어가는 것만큼 뿌듯하고 흐뭇했다.

30대 중반 사는 집이 해결되니 마음에 여유가 생겼다. 당시 직장 업무와 분위기가 생소했기에 평일은 물론 휴일에도 사무실과 현장을 오가며 익히곤 했다. 아울러 나 자신 실력도 갖추려고 애를 썼다. 자격증 공부도 하고 야간 대학원도 다니고, 영어 공부도 시작했다. 출퇴근 시간은 물론 틈만 나면 이어폰을 귀에 꽂고 다녔다. 한쪽 귀에 이명 현상이 일찍 온 것은 그것 때문이리라. 새벽에 일어나 테니스 레슨을 받고 출근했다. 하나라도 더 터를 잡고 뿌리를 내리려고 이리저리 뛰어다녔던 시기였다. 산에 있는 나무도 이와 비슷하지 않을까.

몇 해 전 강원도 양평의 유명산을 오른 적이 있었다. 등산로 입구는 쭉쭉 뻗은 소나무들로 울창하고 산길도 좋았다. 산자락의 비옥한 토질 때문이라고 생각했다. 산 정상이 가까워지자 돌과 바위로 이루어진 등산로 위에는 소나무들의 굵은 뿌리가 어지럽게 드러나 있었다. 바위산에서 나무뿌리들이 실타래처럼 얽히고 설켜 걷기도 힘들었다. 척박한 땅에서 소나무들은 어떻게라도 뿌리를 뻗어내려고 발버둥을 치고 있었다. 나의 젊은 시절 낯선 땅에 터를 잡고 뿌리를 내리려고 몸부림치는 모습과 비슷했다. 소나무들은 그 험한 바위산 정상에서 울창한 숲을 조성하고 있었다. 그런 소나무들이 대견스럽게 보였고, 그들처럼 끈기와 의지로 살아간다면 세상에 안 되는 일이 없을 것 같았다.

당시 내가 터를 잡고 뿌리를 내리려고 애쓴 일들은 지금 어찌 되었을까. 강산이 네 번이나 바뀌었으니, 지금쯤 꽃을 피우고 열매를 맺고도 남아야 했다. 아니면 최소한 꽃이라도 피워야 했다. 그러나 세상사가 어디 뜻대로 되던가. 주택 문제가 해결되니 그런 일에 더는 신경 쓰고 싶지 않았다. 주택 붐이 불어도 재개발

재건축 바람이 불어도 별 관심이 없었다. 무주택자에게 주어지는 기회도 박탈되어, 집은 저축으로만 늘려야 했다. 그런데 집값은 저축액보다 몇 배 빨리 뛰어서 따라잡기가 어려웠다. 간신히 두세 번 이사했으나, 주택 시세의 조류를 타지 못했다. 당시 잡은 집터가 제대로 뿌리를 내리고 꽃을 피웠더라면 지금쯤 강남의 저택 정도는 살아야 하는데, 서울에서 벗어난 경기도에 살고 있다. 주택으로는 유명산 정상의 소나무처럼 울창한 숲을 이루지 못한 것이다. 일찍 장만한 그 집이 어쩌면 저택으로 가는데 장애가 되었다는 생각마저 든다.

그러나 달리 생각해 보면, 그 집을 일찍 마련했기에 다른 일에 더 집중할 수 있었다. 직장에 충실할 수 있었고, 나를 위한 공부도 하고 테니스도 맘껏 즐길 수 있었다. 비록 샌프란시스코 빵집에서 주문도 제대로 못해 놀림을 받았을지라도 영어 공부도 마음껏 했다. 지금 행주산이 보이는 아파트에서 홀가분하게 사는 것도 실은 그 집을 처음 만났기 때문이다. 연약한 씨앗이 척박한 땅에서 뽑히지 않는 것만으로 천만다행 아닌가. 사람마다 주어진 역량은 한계가 있었고, 하느님은 어느 한 사람에게 모든 걸 채워주지 않는다는 것도 알게 되었다.

그 집을 처음 만난 건 결과적으로 행운이었다. 그 땅에 사는 다세대 주택 사람들도 행복했으면 좋겠다.

(2018.)

아름다운 형제

프랑스 파리 북쪽의 작은 시골 마을 '오베르 쉬르 우아즈'는 조용하고 평화로웠다. 130여 년 전 빈센트 반 고흐가 마지막 10주 정도 머무르며 70여 점의 그림을 그렸던 곳이요, 지금은 그와 동생이 나란히 잠들어 있는 마을이다.

버스에서 내린 우리 일행은 고흐가 그렸던 〈오베르의 교회〉를 지나 마을 뒤 언덕으로 올라갔다. 추수가 끝난 들판은 텅 빈 허허벌판이었고, 저 멀리 높고 낮은 산들이 희미하게 보였다. 언덕은 그의 마지막 작품인 〈까마귀가 나는 밀밭〉을 그렸던 곳이다. 그는 혼란스러운 하늘 아래 펼쳐진 거대한 밀밭 그림은 극한의 외로움과 슬픔을 표현한 것이요, '말로 할 수 없는 감정'이라고 동생에게 편지로 썼다. 그는 얼마나 쓸쓸하고 외롭고 허허로웠으면 그런 그림을 그렸을까.

그곳 옆에는 공동묘지가 있었다. 우리는 그 안쪽으로 들어가

파란 담쟁이로 덮인 채 나란히 누워있는 두 기의 무덤 앞에 섰다. 왼쪽에는 '빈센트 반 고흐', 오른쪽은 '테오 반 고흐'라는 작은 푯말이 세워져 있었다. 생전에 두 형제 우애가 얼마나 남달랐기에 부부처럼 다정하게 누워있을까.

빈센트 반 고흐는 1853년 네덜란드에서 목사 아들로 태어났다. 어린 시절 미술품 점에서 일하고 신학도 공부했지만, 적성이 맞지 않아 28세에 그림을 시작했다. 37세까지 10년 동안에 무려 879점의 그림을 남겼다. 그는 밀레를 따르려 했고 자연을 사랑하고 책 읽기를 좋아했다. 화가는 "자연에 몰두하고 온 힘을 다해 자신의 감정을 작품 속에 쏟아붓는 것이다."라면서 그림 하나하나에 혼을 다했다. 동생의 후원에도 내내 가난하여 유화 대신 데생을, 인물화 대신 정물화를 그리곤 했다. 그리고도 동생에게 수백 통의 편지를 써 보냈으니, 그는 정열적인 사람이었다.

네 살 아래인 동생 테오 반 고흐는 미술상을 하며 넉넉지 못했지만, 형의 생활비를 지원하고 모든 뒷바라지를 했다. 형이 정신병원에 입, 퇴원할 때도 갈 곳을 미리 준비해 두었고, 그의 아들 이름은 형 이름을 따서 지을 정도로 형을 사랑했다. 형이 세상을 떠나자 전시회를 열어 그림이 세상에 알려지도록 하였다. 형이 죽자 그도 6개월 만에 세상을 떠났으니, 그는 형을 위해 태어난 것이었을까. 그리고 23년 만에 다시 형 곁으로 오게 된 것은 죽어서도 형을 지키려는 것일까.

형 빈센트는 화가가 되기 전부터 죽기 전까지 18년 동안 668통의 편지를 동생에게 보냈다. 열흘에 한 번 정도 쓴 셈이다. 형은 동생을 친구이자 동반자처럼 여겼고 부모보다 더 의지하며 편지를 썼다. 그는 일상 얘기뿐만 아니라 누구를 사랑한다느니 외롭고 힘든 심정이나 고뇌를 솔직하게 썼다. 세 명의 여자 재봉사 그림을 그리기 위해서는 재봉사 90명을 그려야 한다거나, "농부를 그리려면 자신이 농부처럼 그려야 한다."라는 그림에 관한 얘기도 했다. 동생에게 "네가 없었다면 난 아주 불행했을 거야."라고 하면서도, 그림이 팔리지 않아 항상 빚을 지고 있는 것처럼 부담을 안고 있었다.

동생 테오도 형을 사랑한다는 말을 자주 썼고, 편지가 조금만 뜸하면 궁금해했다. 형과 잠깐 같이 지내다 떨어지자 "우리가 이토록 서로 의지하게 될지 몰랐다."라고 했다. 형이 빚진 것 같은 부담을 느끼지 않기를 바라고, 언젠가는 빛을 보게 되니 근심 없이 계속해서 그림 그리기를 바란다고 썼다.

편지를 모아놓은 책 ≪반 고흐, 영혼의 편지≫를 보면, 형이 병원에서 퇴원하고 동생 집에 갔을 때 다투었는데도, 이후 둘의 형제애는 변함이 없었다. 동생을 믿고 모든 걸 털어놓은 형이나, 그토록 헌신적인 동생이 세상에 몇이나 있겠는가.

나에게도 형님이 한 분 계셨다. 우리 형제는 홀어머니 밑에서 다정하게 자랐다. 우리는 고등학교 시절 도회지에서 일 년 동안

같이 자취하면서 더 가까워졌다. 차가운 냉골 방에서 추위에 떨고 석유곤로에 밥을 지어 반찬 없이 먹으면서도 서로 의지하며 다투는 일이 없었다. 형은 나를 아껴 주었고, 나는 형 덕분에 도회지와 학교생활이 든든했다.

고등학교 졸업 후 형은 시골에 있다가 결혼했다. 그런데 형수가 사고로 돌아가시고 젊은 나이에 혼자되고 말았다. 그리고 몇십 년을 방황하다가 형도 지병을 얻어 세상을 떠났다. 나는 서울 건설 현장에 막일을 알선하며 새 출발을 기대했으나 이어지지 못했다. 나는 큰 도움 주지 못하고 스스로 일어서기를 바랐다.

형과 나는 어머니 치료 문제로 전화상으로 한 번 언성을 높인 것 외에는 감정을 상한 적이 없었다. 반면에 만나면 마음을 터놓고 얘기한 적도 없이 의례적인 안부만 나누었다. 형은 외롭고 힘든 마음을 터놓고 싶지 않았을 것이고, 나 역시 아픈 마음을 건드리고 싶지 않았다.

그러나 형제간이나 부자간이나 친구 간에도 서로 이해하고 가까워지려면, 고흐 형제처럼은 아닐지라도 속마음이나 삶에 관한 얘기를 나눌 수 있어야 했다. 그렇지 않으면 가까운 듯 간격이 있고 겉만 맴돌게 된다는 것을 알게 되었다.

아내와 나는 언덕을 내려와 그가 자살로 마감했던 이층집과 집 앞 탁자 위에 놓인 와인 한 병과 잔을 배경으로 사진을 찍었다. 그날 오전 오르세미술관에서 본 빈센트 고흐의 자화상을 떠올리고, 고흐 형제를 생각했다. 고독한 화가 형 빈센트, 헌신적인 동생 테오. 아름다운 형제를 생각할수록 나는 고개가 숙어진다.

(2018.)

뒷정리

한평생 사노라면 알게 모르게 흔적이 남는다. 좋은 것과 좋지 않은 것, 보이는 것과 보이지 않는 것들이 있다. 고귀한 것도 있지만 하찮은 것도 있으리라. 자리를 뜨면 이러한 흔적들은 어떻게 될 것인가.

얼마 전 춘천에 있는 아내의 친척 집을 방문했다. 간신히 찾는 변두리 주택가는 친척분의 성품처럼 조용하고 한적하였다. 아주머니는 부드러운 미소로 우리를 이층집으로 안내했다. 깔끔한 거실이었지만 어딘가 쓸쓸하고 적적한 것 같았다. 일 년 전 아저씨가 떠나시고 혼자 계신 탓이었으리라.

앉으라는 재촉에도 나는 한쪽 벽에 시선이 멈춰 섰다. 한글 붓글씨로 쓴 작은 액자 하나가 걸려 있었다.

"옥처럼 맑은 모습/ 얼음처럼 찬 마음// 해마다 눈 서리에/ 추울 법도 하련만// 봄날의 따뜻한 볕은/꿈에도 모르느라."

정도전의 〈매화〉라는 시였는데, 돌아가신 아저씨가 썼다고 한다. 솜씨가 상당했다. 평소 말수가 적고 조용하신 것은 붓글씨 때문이었을까. 해맑게 웃는 모습이 생생하게 떠올랐다.

조금 옆을 둘러보니 책상 위와 거실 바닥 한쪽에는 둘둘 말린 족자들이 수북이 쌓여 있었다. 몇 개를 펼쳐보니 크고 작은 족자에 다양한 글씨체로 한자들이 말끔히 쓰여 있었다. 2m정도 족자에 초서 글씨도 있었다. 퇴직 후 붓글씨에 전념하셨다는데, 이 수준에 이르기까지 얼마나 많은 정성과 시간을 쏟았을 것인가. 한 글자 써놓고 이리저리 살피고 고개를 갸웃거리며 밤늦게 썼을 것이요, 같은 글자를 몇 번이고 반복했을 것이다. 족자 하나 완성에도 그리 쉽지 않았으리라. 글쓰기도 작품 하나 완성하려면 얼마나 많은 심혈을 기울여야 하는데.

아주머니는 이 많은 족자를 어떻게 처리할지 고민하고 계셨다. 보관도 쉽지 않고 가져갈 사람도 없을 것 같아, 이제 태울 수밖에 없다며 씁쓸한 표정을 지으셨다. 생전에 애쓴 작품도 본인이 떠나면 이리 천덕꾸러기가 되다니. 내가 쓴 글도 이러리라 생각하니 나도 우울해졌다. 아주머니의 고심은 족자 자체의 처분보다는, 아저씨가 애쓴 흔적을 완전히 지우기가 어려웠을 것이다. 나는 아주머니가 계신 동안은 보관하는 게 좋겠다고 얘기하고, 족자 세 개를 챙겨 두었다.

친척 집을 나와 집으로 향하는데, 몇 가지 의문이 가시지 않았다. 상당 기간 지병을 앓으면서 아저씨는 왜 족자를 정리하지 않으셨을까. 최소한 어떻게 처리하라는 얘기라도 해 주어야 하지 않았을까. 족자는 그토록 애쓴 작품이었기에 본인 스스로 없애기가 무척 안타까웠을 것이다. 이런저런 의문을 가지다 보니 뒷정리에 대하여 생각하게 되었다.

뒷정리란 '복잡한 상태나 일의 끝을 바로 잡는 일'이라고 쓰여 있다. 뒷정리는 일상에서도 중요한 일이다. 가정이나 사회나 직장에서도 머문 자리를 말끔히 정리하는 것에서 그 사람의 인품이 나타난다. 하물며 마지막 떠날 때는 어떠하겠는가. 그 사람이 살아온 삶이 고스란히 나타날 것이다. 마지막 뒷정리는 깔끔하고, 후대 사람에게 부담되지 않아야 할 것이다. 성인이나 훌륭한 분의 뒷정리가 얼마나 깔끔한지는 잘 알려진 사실이다.

법정 스님은 떠나시면서 자신의 이름으로 모든 출판물을 더 이상 출간하지 말라 하고, 다비를 하더라도 사리를 찾지 말라고 유언하셨다. 자신의 뒤를 얼마나 깔끔하게 정리하신 것인가. 스님은 자신의 책이 출간되지 못하면 사람들이 그 글도 읽을 수 없다는 것을 알고 있었을 것이다. 그런데도 왜 그런 유언을 했을까. 스님은 이제 무로 돌아갔으니 자신에 대한 집착도 모두 내려놓으라는 뜻이 아니었을는지. 그런데도 사람들 가슴속에는 스님의 맑고 향기로운 모습이 남아 있는 것이다.

나의 뒷정리는 어찌해야 할 것인지 생각을 해 본다. 평소 활동이나 가진 게 많지 않기에 그리 복잡하지 않겠지만, 고희가 넘는 삶에서 알게 모르게 남아 있을 것이다. 정리해야 할 대상 중 가장 가까운 것은 애지중지한 책이 아닐까. 나를 달래 주고 채워주었던 천여 권의 책. 지금은 단정히 꽂혀 사랑받으며 미소 짓고 있지만, 주인이 없으면 얼마나 찢기고 던져지며 천대받을 것인지. 생각만 해도 안타깝다. 그 전에 어느 도서관이나 마을문고에 자리 잡아 다른 이의 가슴을 적실 수 있으면 좋겠다. 그럴 기회가 오지 않겠는가.

다음은 내가 쓴 글이다. 나를 털면서 위로받는 글. 철없이 살다가 뒤늦게 깨달으며 쓴 것이다. 나를 돌아보고 반성한 것이지, 어떤 흔적을 남기려는 것은 아니다. 뒤늦게 입문했기에 아무리 발버둥을 쳐도 한계가 있었지만, 이도 나를 정리한 것이다. 내가 떠나면 어떻게 될지, 노자의 무위(無爲)처럼 인위를 가하지 않아도 자연스레 정리될 것이리라.

얼마 전 겨울날 하얗게 눈 덮인 시골 산길을 혼자 걷는 적이 있었다. 아무도 걷지 않은 눈길을 한참 걷다가 뒤를 돌아보니, 내가 걸은 발자국이 평지인데도 비뚤비뚤 엉망이었다. 나는 분명 반듯이 걸었는데 흐트러진 발자국이 부끄러웠다. 내가 살아온 발자취와 닮지 않았을까 겁이 났다. 나는 옳다고 열심히 살아왔는데, 다른 사람에게 달리 비칠 수도 있고 상처가 되기도 했을 것이다. 이런 흔적은 어떻게 해야 할 것인가. 지나간 흔적은 과거 시간처럼 어찌할 수 없는 일이다. 미안하다 고맙다는 말 이외에 무엇을 더 할 수 있으랴.

범인의 삶에서 깔끔한 뒷정리는 쉬운 일이 아닌 것 같다. 따뜻한 글이라도 한 편 쓴다면 미흡한 흔적에 도움 되지 않을까.

(2017.)

기다린 축복

작년 봄 밭뙈기 한쪽에 감나무 세 그루를 심었다. 주먹만 한 대봉감이 빨갛게 익으면 얼마나 탐스럽고 홍시는 또 얼마나 달고 맛있는지. 고향 집에 가면 하도 부러워 오래전에 생각하고 있었다.

이듬해 열린다는 큰 나무로 넓게 파고 정성 들여 심었다. 그리고 밭에 갈 때마다 나무눈을 살폈다. 좀처럼 트지 않더니 한참 후에 그 중 한 그루에서 순이 나왔다. 파란 새순은 나에게 생기를 불어넣어 주었다.

그러나 이웃 경계와 인접해 심었다가 다시 옮긴 두 그루는 아무런 기미가 없었다. 손톱으로 껍질을 벗겨보며 속삭여도 깜깜무소식이었다. 너무 답답하여 나무를 샀던 곳을 찾아 물었더니 "나무가 놀랐나 봐요. 금년이나 내년까지 기다려 보세요."라고 했다. 나무가 놀랬다니 무슨 말을 더 할 수 있으랴. 돌아와 기다릴 수밖에. 심은 지 4개월이 되어서야 또 한 그루에서 새순이 돋았다. 뒤늦게 나온 새싹이 어찌나 반갑던지, 주인 마음을 알아주는 것 같아 더 흐뭇했다.

추운 겨울이 지나고 다음 해 새봄이 왔다. 여름이 다가와도 세 그루 모두 낌새가 없었다. 이상하여 가지를 꺾어 보니 세 그루 모두 말라 죽어 있는 게 아닌가. 지난해에 한창 자라던 나무가 어찌 된 영문인지. 당장 뽑아버리고 싶었지만, 더 허망할 것 같아 기약 없는 기다림으로 내버려 두었다.

한여름 날, 주변에서 잡초를 뽑다가 깜짝 놀랐다. 죽은 줄 알았던 한 그루의 밑동에서 파란 새순이 돋아나고 있는 게 아닌가. 가을이 되었는데 다른 한 그루 밑동에서도 새싹이 나왔다. 작년에 살았던 두 그루 모두 다시 싹이 난 것이다. 알고 보니 지난겨울이 너무 추워 이 지역 감나무가 많이 죽었다고 한다. 그렇다면 혹독한 추위를 견뎌낸 뿌리에서 뒤늦게 나온 소중한 새싹이었다. 생존한 뿌리에서 힘겹게 나오느라 얼마나 애를 썼을까. 값진 새 생명이요, 기다린 결실이었다.

딸은 결혼한 지 10년, 아들은 2년이 지나도 아기 소식이 없었다. 답답해도 매번 물어볼 수 없었고, 주변에서 물어 오면 내가 더 쑥스러웠다. 누가 손자 얘기를 하거나 휴대폰에 사진을 올리면 부럽기도 하지만 질투심도 났다. 한 친구 내외가 딸 집을 드나들며 갓난아이를 돌보느라 쩔쩔매는 걸 보고, 노장답지 못하다고 핀잔을 주기도 했다. 그러나 속으로 부러웠고 애틋한 손자의 정을 나만 모르고 지내는 것 같았다.

지난 오월 어느 날, 우리는 아들딸 내외와 밖에서 점심을 먹고, 딸네 집에 들러 차를 마시려던 참이었다. 며늘아기가 할 말이 있다며 핸드백에서 뭔가 끄집어냈다. 태아가 찍힌 필름이었다. 임신 2개월이란다. 순간 정신이 멍해졌다. 드디어 손자가 생기다니! 그동안 얼마나 기다리고 듣고 싶은 소리였는데. 아내도 기뻐 어쩔 줄 모른다. 맑고 보드라운 아이가 방긋 웃고 다가오는 것 같았다. 이보다 값진 어버이날 선물이 어디 있으랴.

자랑하고 싶어도 입조심 했다. 로또복권 1등에 당첨되어도 속으론 쾌재를 부르지만, 입 다물고 있듯이. 그러나 시골에 가서 구순의 어머니에겐 숨길 수가 없었다. 얘기를 듣던 어머니는 눈빛이 달라지며, “아이고 잘했다. 참 잘했다.”를 스무 번도 넘게 하셨다. 조카 셋은 아이가 둘씩이나 있는데 고희(古稀)가 다 된 나는 손자 하나도 없어 새벽마다 새 생명 탄생을 기도하셨다.

이따금 아들 내외는 휴대폰에 동영상을 올렸다. 선명하게 움직이는 태아를 보고 아내는 잘생겼다고 하고, 나는 몇 번이나 다시 보며 그날을 손꼽았다. 아이가 태어나면 날마다 클래식 음악을 들려주리라. 얼마큼 크면 넘치는 시중들기보다는 혼자 하도록 놔두어야지. 걷다 넘어지더라도 바로 일으키지 말고 혼자 일어설 때까지 기다릴 거야. 부모란 결국 자식이 자립할 수 있도록 도와

주는 것이니까. 뒤늦게 깨달은 육아법으로 늠름한 손자를 길러 내리라.

우리는 날마다 많은 기다림 속에 살고 있다. 일하면서 기다리고, 길을 걷거나 운전을 하면서도 기다린다. 기다림은 우리의 일상이요, 우리의 삶이다. 짧은 기다림이 있는가 하면 긴 기다림이 있고, 뼈아픈 기다림이 있는가 하면 즐거운 기다림도 있다. 기다림은 불안하고 초조하지만 꿈과 희망을 주기도 한다. 기다림은 멈춤이 아니라 새 출발을 위한 준비요 다짐이 아닐까.

기다릴 줄 아는 사람이 소중한 것을 얻는다. 기다렸더니 새 생명을 주신 것이다. 반가운 기다림에 들떠 있으면서 건강한 아이가 태어나길 간절히 기도했다.

드디어 손녀와 첫 대면을 한다. 세상에 나온 지 10분도 안 된 아이. 기다림 속에 태어난 축복이다. 깜찍하고·예쁘고 사랑스럽다. 어느 시인은 "찡그린 이마/ 앙다문 입술/ …/ 꽃을 보듯 너를 본다."라고 했다. 밝고 건강하게 자라다오.

겨울을 대비하여 감나무 밑동을 흙으로 북돋아 주었다. 그리고 또 새봄을 기다린다.

(2019.)

산보객이 연주하는 전원교향곡

―이연배 수필집 ≪모든 게 기적이었다≫를 읽고

이 정 림

≪에세이21≫ 발행인 겸 편집인·수필평론가

1.

기적이란 없다고 생각하며 사는 것과, 모든 것이 기적이라고 믿고 사는 것 중에서 나는 후자를 택하겠다고 아인슈타인은 말했다. 기적이란 무엇인가. 중국 속담은 "기적이란 하늘을 날거나 바다 위를 걷는 것이 아니라 땅에서 걸어 다니는 것"이라고 했다. 땅에서 걸어 다니는 그 평범한 행위가 실은 더없이 큰 기적임을 알게 되면, 모든 것이 감사로 받아들이게 된다. 하물며 생사의 기로에서 기적같이 살아난 사람에게는 더 말해 무엇 하랴.

육군사관학교 생도 4학년 때, 이 작가는 생명까지 담보하는 공수 훈련을 받았다. 푹푹 찌는 여름날, 전투복에 철모를 쓰고 비행기에서 뛰어내리는 훈련을 몸이 기억할 수 있도록 수백 번 반복을 했다. 그러나 막상 비행기에서 뛰어내리는 순간은 훈련보다 운명과 맞닥뜨리게 된다.

> 세 번의 낙하를 무난히 마치고 야간 낙하를 하는 밤이었다. 우리는 초조하게 하늘에 올라 비행기 문이 열리자 희미한 창공으로 몸을 던졌다. 그런데 어찌 된 일인가. 머리 위에 활짝 펴져야 할 내 낙하산이 팔 자 꼬임으로 절반밖에 펴지지 않았다. 보조 낙하산을 펴려고 핀을 뽑고 줄을 앞으로 내쳤으나 손에 쥔 핀에 줄이 엉켜 버려 펴지지 않았다. 더 이상 어찌할 방법이 없자 나는 갑자기 당황해졌다.
>
> 날개 접힌 새가 공중에서 추락하는 것처럼 나는 다른 동료들보다 훨씬 빨리 떨어지고 있었다. (…) 몇 초 후면 나는 죽는구나. 땅에 떨어질 때 그 고통을 어찌 감당할까. (…) 떨어질 때 끔찍한 고통과 죽음을 준비하며 몸을 움츠린 채 눈을 감고 발끝이 닿기를 기다리고 있었다. (…) '쿵!' 순간 죽었다 하고 쓰러졌다.
>
> – 〈기적이 있기까지〉 중에서

사람들이 달려오는 다급한 발자국 소리, 밤하늘의 반짝이는 별들…. 죽음의 직전에서 그가 보고 들은 것들은 꿈이 아니라 기적이었다. 800미터 상공에서 떨어져 살아났다는 것은 천우신조, 그보다 더 적합한 말이 어디 있겠는가.

그 후 이 작가는 또 한 번 기적 같은 일을 겪는다. 40대 초반,

동해안에서 여름휴가를 마치고 대관령을 넘어 오는 밤길에서, 갑자기 맞은편 차가 중앙선을 넘어 돌진해 온 것이다. 1초만 늦었더라도 두 차는 충돌했을 것이고, 뒤에서 세상모르게 자고 있는 아내와 아이들의 운명은 어찌 되었을지 장담할 수 없는 절체절명의 순간과 맞닥뜨린 것이다.

거듭되는 이런 기적들과 만나면서 이 작가는 이런 일들이 단순히 자신의 행운만이 아니라 주변 사람들의 기도 덕분임을 깨닫는다. 특히 어머니는 자식의 수호신이 아니던가.

> 대관령에서 살아난 것도 생각해 보니 어머니의 간절한 기도 덕이 아닌가 싶다. 시골에 계신 어머니는 매일 아침 우리 네 식구 이름을 거명하며 무탈하고 잘되기만을 얼마나 절실하게 기도하고 계신가. 지금도 나는 어머니 은덕으로 살아가고 있는 것이다.
>
> – 윗글에서

2.

"어머니라는 말만 나와도 눈시울이 붉어지고 가슴이 저미는" 이 작가에게는 스물다섯 살에 혼자되어 두 아들을 훌륭히 키워내신 어머니가 있다. 어머니는 자식의 마음이 약해질까 봐 그 앞에서는 눈물을 보이지 않지만, 혼자 계실 때는 힘들어 하는 아들을 생각하며 눈이 짓무를 정도로 눈물을 지으시던 분이었다. 그래서 아들은 어려움에 직면할 때마다 그런 어머니를 생각하며 꿋꿋이 이겨 낼 수 있었다.

스물다섯 살, 그 고우셨던 어머니는 이제 호호백발 미수(米壽)가 되셨다. 아프고 힘들어도 말도 못하고, 분하고 억울해도 괜한 오해를 받을까 봐 터놓고 울지도 못하며, 혼자서 60여 년 긴 세월을 오직 자식만을 위해 외롭게 살아오신 우리 어머니. 음력 유월 십팔 일, 어머니가 태어나신 날에 나도 태어났다. 어머니는 나와 이렇게 숙명으로 이어진 모자(母子)인 것이다.

– 〈그 고우셨던 어머니〉 중에서

작가가 태어난 지 6개월 만에 돌아가신 아버지의 그때 나이는 겨우 스물세 살이었다. 아버지가 안 계셔도 어머니의 사랑으로 부족함이 없던 작가가 열 살쯤 되었을 때 친구 집에 놀러가서 "아버지, 진지 잡수세요." 하는 소리를 듣고 비로소 아버지라는 존재를 느끼게 된다.

나는 바로 집으로 달려가 방 안에서 일하고 계신 어머니를 붙잡고 나는 왜 아버지가 없느냐고 따져 물었다. 어머니는 당황하며 머뭇거리

> 다가 "하늘나라로 갔으니까 없지." 하고는 얼굴을 돌리셨다. 어린 아들의 질문을 받은 30대 젊은 어머니의 심정이 어떠했을까. 여린 어머니를 더 아프게 한 것 같아 그때를 생각하면 지금도 가슴이 저려온다.
>
> – 〈스물세 살에 가신 아버지〉 중에서

그때부터 단 한 번만이라도 '아버지!'라고 불러보고 싶은 게 소원이 된 아들은 고생하시는 어머니를 뵐 때마다 더욱 일찍 가신 아버지가 원망스러웠다. 그러나 "아버지인들 어찌 더 살고 싶지 않았겠는가. '이 세상에 처자식 고생시키려는 자가 어디 있겠는가. 운명이 그뿐인 것을.' 그러하실 아버지의 마음을 이해한 다음 아들은 그 원망을 내려놓는다.

17세에 시집와서 25세에 홀로 된 어머니가 94세로 이승을 뜨셨다. 임종도 지키지 못한 아들은 더 황망했으리라.

> 운명하셨다는 전화에 한 시간 넘도록 대성통곡을 했다. 평소 말씀처럼 "남 같은 세상 하루도 못 살아 본" 어머니의 인생이 가련했고, 받은 것에 비해 초라한 나의 회한이 한꺼번에 밀려왔다. (…)
>
> 49재를 지내고 우리는 시골집에 들렀다. 텅 빈 마당에는 파란 감나무가 무성하고 노란 수선화가 애처롭게 피어 있다. 안방과 거실에는

조심조심 걷는 어머니 모습이 아른거리고 훈훈한 목소리가 귓전을 울린다. 비닐하우스 내부는 시계가 멈춘 듯 적막하다. 양쪽으로 한 줄씩 바싹 마른 고춧대가 빨간 고추를 매단 채 죽어 서 있다. 울컥 눈시울이 붉어졌다. 어머니 손길이 멈춘 것이다. 예년 같으면 파란 고추가 싱싱하고, 어머니는 자손들에게 줄 마늘과 양파를 손질하고 계실 텐데. 그 어머니는 어디로 가셨단 말인가.

- 〈먼 길 떠나시면서〉 중에서

대추 한 알에도 천둥과 번개가 수없이 들어 있다는데, 아흔 해를 홀로 살아오신 어머니의 삶 속에는 얼마나 많은 한과 신산스러움이 배어 있었을까. 그것을 알기에 어머니가 마지막으로 농사지으신 마늘 보따리를 들고 옛집을 떠나는 작가의 모습이 애잔할 수밖에 없다.

3.

한 사람의 인생에서는 방점을 찍을 만큼 중요한 시기가 있다. 이 작가에게는 공직 생활 33년이 바로 그 시기가 아닐까 싶다. 이 시기에 그는 지하철(2·8·9호선)을 건설했고, 노량대교와 강변북로에 위치한 두모교와 서호교를 비롯한 많은 교량들을 건설했다. 이런 큰일들을 훌륭히 수행할 수 있었던 것은 신뢰해 주는 상사를 만났기 때문이다. 살면서 수없이 많은 인간관계를 맺지만, 어떤 사람을 만나느냐에 따라 자신의 인생에 빛이 되기도 하고 어둠이 되기도 한다. 좋은 친구를 만나고, 좋은 스승을 만나고, 좋은 상관을 만났다는 것은 축복이요 기적이 아닐 수 없다.

상사의 무한한 신뢰를 업고 이 작가는 성실보다 더 강한 책임감으로 "땅 속에 전동차 전용 통로를 만드는 대역사(大役事)"를 진행해 나간다. "2호선이 완전히 개통되는 날, 첫 과업을 무사히 마쳤다는 기쁨과 안도감에 눈물이 났다."는 이 작가가 바라보는 지하철에 대한 감회는 남다를 수밖에 없다.

> 말만 들어도 가슴이 뛴 지하철. 땀 흘려 건설한 지하철에 사람이 타고 있는 걸 보면 더없이 흐뭇하다. 내 손길이 묻어 있는 구간을 지나면 당시의 일들이 더욱 생생하다. 화려한 불빛으로 건설인의 모습이 바래진다 해도 옷깃 속에 진주 목걸이를 차고 있는 것처럼 뿌듯하고 든든하다.
> – 〈땅속에서 꾸는 꿈〉 중에서

사람들은 지하철을 단순히 편리한 교통수단쯤으로 생각하지만, 이 작가는 그것을 넘어 '연결'이라는 의미를 부여하고 있다.

> 그토록 힘든 지하철을 왜 건설했을까. 땅속에서 이루고자 하는 꿈은

무엇이었을까. 서로 연결하는 것이었다. (…) 전동차가 달리면서 역과 역을 연결하고, 시간과 간격을 단축하여 사람들을 연결했다. 그렇게 연결하려고 수많은 건설인이 피와 땀과 눈물을 흘리며 혼을 다했다.

– 윗글에서

차원 높은 국가관과 정의감, 그리고 강한 책임감과 도덕심…. 그것은 사관생도의 신조와 도덕률이었다. 이 작가가 그토록 강한 책임감을 가지고 일을 완수할 수 있었던 것은 그 육사 정신이 삶의 초석이 되었기 때문이다.

이 작가는 우리가 무심히 타고 다니는 지하철과 한강교를 건널 때마다 이 기적 같은 역사를 이루어 낸 사람들의 피와 땀을 한 번쯤 생각하도록 만들었다.

4.

이제 작가는 악천후 속에서 에베레스트 등반을 감행하는 알피니스트가 아니다. 높은 주봉을 정복하기 위해 때로는 험난한 크레바스도 용감히 건너야 했고, 극심한 바람과 추위도 이겨 내야 했던 젊은 날은 지나간 것이다. 그는 이제 편안한 걸음으로 둘레길을 걷는 산보객이 되었다.

군 장교가 되기 위한 생도 시절에는 몸과 팔에 일부러 힘을 넣어야 했다. (…) 몸에 힘이 들어가니 마음에도 힘이 들어갔다. (…) 인생은 힘든 일은 참고, 성실하고 부지런하게 살아가면 되는 것으로 알았고, 부드러운 마음으로 겸손하고 남을 배려하며 살아간다는 것은 미처 생각지 못하였다.

– 〈부드럽고 유연하게〉 중에서

강함에서 부드러움으로 돌아온다는 것은 연륜이 주는 값진 선물이다. 나를 중심으로 한 시선이 타인에게 가 머무르게 될 때 우리는 사랑과 만나게 된다.

공원길을 몇 바퀴 돈 다음 숲속에 있는 벤치에 앉는다. 단풍잎 사이로 파란 하늘이 빠끔히 얼굴을 내밀고 아침 햇살이 바닥까지 스며든다. 어디선가 까치와 까마귀 소리가 적막을 깬다. 현악기 줄을 몇 번씩 뜯는 것 같고 트럼펫을 휙휙 부는 소리 같기도 하다. 그 중간에 비둘기가 힘겹게 호른을 불고 있고 작은 새들이 조잘대며 실로폰을 두드린다. 귀뚜라미가 발밑에서 바이올린을 켠다. 언제부터 이 공원에 이토록 아름다운 교향곡이 울려 퍼지고 있었을까.

– 〈새로운 행복 찾기〉 중에서

이 작가의 글을 읽으면서 초반에는 베토벤의 교향곡 제5번 1악장을 듣는 것 같은 격렬함을 느꼈다. 결핍에서 오는 깊은 고뇌와 시련을 지나 이제 후반부에 들어선 작가는 세상을 관조하면서 평온한 2악장으로 접어들었다. 머지않아 감사와 겸손과 배려를 모티브로 한 그의 글이 독자들에게 전원교향곡을 들려줄 것이라 기대한다.

(2021. 6.)

모든 게 기적이었다

1판 1쇄 발행 2021년 7월 10일

지은이 이연배
발행인 이선우
펴낸곳 도서출판 선우미디어
등록 | 1997. 8. 7 제305-2014-000020호
02643 서울시 동대문구 장한로12길 40, 101동 203호
☎ 2272-3351, 3352 팩스: 2272-5540
sunwoome@hanmail.net

값 13,000원

ISBN 978-89-5658-669-4 03810

이연배 에세이

이연배 에세이